活下来不是传奇，

而是对生命的热爱，

对信念的坚持。

——谭薛珍

爱在天地间

帕金森患者谭薛珍的生命传奇

Love is in the Whole World

-The Life Legend of Parkinson's Patient, Tan Xue Zhen

易碧胜 / 著

人民出版社

自序　一切都是最好的安排

或许，一切都是最好的安排。

本想让往事随风而去，或永远尘封于历史的记忆之中。但是，作者的一席话打动了我：

"与其为帮助广大帕金森病友而付出那么大的代价却不被人理解，不如把您与帕金森病抗争十几年的心路历程写出来，用您的亲身经历告诉广大帕金森病友，帕金森病并不可怕，'与帕共舞'，一样能活出尊严，活出精彩。这样，意义更大，影响更深远。"

我是一个很普通的人，又是一个很不普通的人，因为我是一名帕金森重症患者。当我得知自己患有帕金森病时，怨过、恨过、哭过、痛过、迷茫过、徘徊过、挣扎过，无论是身体还是心灵，都处于痛不欲生、生不如死之中。是苟延残喘屈从于帕金森病的淫威？还是直面人生奋起抗争重拾尊严？

我选择了后者。就像史铁生所说："一个人，出生了，这就不再是一个可以辩论的问题，而只是上帝交给他的一个事实；上帝在交给我们这件事实的时候，已经顺便保证了它的结果，所以死是一件不必急于求成的事，死是一个必然会降临的节日。这样想过之后我安心多了，眼前的一切不再那么可怕。"我开始接受帕金森，拥抱帕金森，享受帕金森，每天坚持唱歌、写字、打乒乓球；每天坚持上下班，励精图治经营企业，为员工、为企业、为社会创造价值。

上帝为你关上一扇门的时候，必然为你开启另一扇窗。

因帕金森病，我因祸得福，不仅认识了不少知名医学专家学者，还在《中国新歌声》选拔赛上代表几百万帕金森病人赢得了尊重，赢得了尊严，并走上《星光大道》，唱出了广大帕金森患者的心声。也因此证明了帕金森病并不可怕，只要热爱生命，坚持梦想，也一样可以活出精彩。

同时，我也是一名创业者。尽管我的企业名不见经传，但在残酷的市场竞争中，屹立了整整15个年头。15年，相对于历史长河，只不过弹指一瞬间，相对于一个企业，却是沧海桑田，代表了一种坚守和一个蝶变历程。在这期间，既有成功的经验，也有失败的教训。

这些，如果能对正在追梦路上奋勇前行的创业者们有所启迪，能激励几百万帕金森患者重拾尊严、重新融入社会，那么，我愿意毫无保留地全部奉献出来。

借此机会，诉说我心底的感恩之情：

感谢这个伟大的时代。改革开放，凌飞电器生逢其时。党的十八大，为民营企业的发展迎来了新的机遇，"激发和保护企业家精神"被写进十九大报告，"历史只会眷顾坚定者、奋进者、搏击者，而不会等待犹豫者、懈怠者、畏难者。"作为一个民营企业家，更是深受鼓舞，倍感振奋。创业，真的不是人干的，起早贪黑，用我们广东话来说就是"从鸡鸣干到鬼叫"。没有一点敢闯敢干的精神，没有不畏艰难险阻的勇气，是不可能成为一名企业家的。所以，我要感谢这个伟大的时代，我们创业碰上了一个好环境，赶上了一个好时代。

感谢凌飞电器的所有创业伙伴。无论是公司因天灾人祸处于生死存亡之际，还是因转型升级而壮士断腕举步维艰之时，他们都一路跟随，把每一天都当成"3·15"，时时刻刻践行工匠精神，不仅让凌飞电器随着"一带一路"走出国门，在欧美、非洲及中东等国家和地区开花结果，还帮助众多小家电企业搭上"一带一路"这趟中国快车，驶向世界各地。没有他们辛勤地付出，就没有凌飞电器的过去、现在和未来。

感谢张海平先生在公益慈善路上对我的指引和帮助；感谢潘伟成院长十多年来对我和我们企业的培训；感谢凌飞电器所有的经销商与供应商，没有你们的鼎力支持，就没有凌飞电器的发展和壮大。

感谢我的朋友"帕金森"，让我对生命有了深切的体悟，并让我有机会搭建"帕友+"这个专属帕金森病友的精神家园；感谢全国广大帕金森病友对我的支持和帮助。

感谢在我生命中出现的每一位朋友，你们都是我生命中不可或缺的贵人。

感谢易碧胜作家近一年的辛勤付出，这本书所写的内容，都是我曾经的经历，都是真实的故事，写出了我真实的人生，也希望能给读者、特别是广大帕友们带来一些感悟。

生命不息，我将奋斗不止！

谭薛珍

2018 年 5 月 8 日

序

　　我是在 2004 年认识谭薛珍谭姐的，当时她带着员工一起来上课，给我的感觉这是一个坚强而有大爱的女人，对自己的员工非常好，对客户很用心，对产品的品质要求很严格。

　　迄今为止，我和谭姐一直保持着联系、沟通，在这 10 多年里，她的企业从几十个员工到近千人，随之而来的是企业经营与管理的问题，谭姐带着公司的员工参加了我们大大小小的课程学习，寻找正确的方法。随着后来犹太商学院的成立，谭姐又带着公司的股东、中高层参加其他一系列课程的学习，之后又与犹太商学院达成长期战略合作。

　　10 多年来，我看到了一个女企业家坚韧不拔的特质，对员工负责任，学习永不停止，也看到在犹太商学院的辅导下，企业一步步的成长和蜕变。这期间的艰辛可想而知，由于谭姐对企业和员工的过度付出和操心，身体不断透支，帕金森这个病魔不期而至，一度让她在生死线徘徊。按照正常来说，谭姐早已可以不用工作，不需要操心，可以好好享受生活。但是她一直在坚持，始于她肩负着一份责任和使命，为了让跟随她的员工不失业，为了员工的出路，一直在忍受疼痛，咬紧牙根，经历着常人不能经历的痛苦，让员工可以过上更好的生活。

让我感动的是，就是这样一位坚强的女性，虽然自己得了帕金森，但是依旧顽强地经营企业，顽强地学习企业经营之道，顽强地治疗对抗病魔，同时她也特别有大爱，她一直有一个伟大的梦想和发愿，希望能够搭建一个平台，动员社会的力量，动员她企业上下游的关系，加上她的一己之力，去关注和帮助另外一个人群，就是帕友（帕金森病友），为此谭姐成立了纳信慈善基金和"帕友 +"平台，让所有的帕金森病友得到帮助，让帕友们抱团取暖，减轻痛苦！

我们知道很多患者承受着身体上和精神上的双重痛苦与负担，他们渴望获得专业的疾病知识和交流健康知识的平台。而"帕友 +"的成立旨在通过鼓励帕友在平台上分享日常生活来传递"抗帕"正能量，激发更多帕友与疾病斗争的勇气和信心。

我希望用我的力量来支持这个平台，支持谭姐的这份大爱，也希望社会的有识之士一起来支持，身体力行帮助更多的帕金森病患者，同时呼吁大家一起来了解帕金森病，给予帕金森病患者多一些关爱，祝愿他们早日康复！

这本书记载了谭姐的心路历程，非常值得大家阅读，同时我们可以在谭姐的身上学习到这种坚韧不拔的精神，和作为一个企业家的责任和使命，以及担当的精神，非常值得我们每一个人学习！

潘伟成

2018 年 8 月于广州

目　录

恪守工匠精神

生命不能承受之轻

愈磨炼，愈成长

引　子

这是一片神奇的土地。

美丽的南海，地处珠三角腹地，历史悠久，早在六七千年前的新石器时代，境内就有先民在此繁衍生息。南海自古经济发达，商贸繁荣，文教鼎盛，创造了举世闻名的"桑基鱼塘""果基鱼塘"生态农业模式，先后孕育了古代文状元简文会、张镇孙、伦文叙，武状元姚大宁，近代詹天佑、邹伯奇、陈启沅、何香凝、康有为、黄飞鸿、叶问等名人。

参商日月，盈缩无期。纵观古今，渺渺芸芸。谭薛珍伫立于悄然寂静的南海博物馆展厅，穿越时空的阻隔，俯瞰历史的风云变幻，一个久远而又真实的南海，如排山倒海般呼啸而来：

"开轩面场圃，把酒话桑麻"的田园景象，渔、樵、耕、读者的恣意人生；在一片西方列强垄断的现代工业中，南海人陈启沅办起了中国第一家民族资本经营的机器缫丝工厂；在亡国灭种之祸迫在眉睫之时，南海人康有为发动和领导戊戌维新运动，提出一系列把中国推向近代化的改革措施；中国铁路之父詹天佑顶着帝国主义者的阻挠和要挟，筑起了中国第一条由自己设计与建筑的钢铁长龙——京张铁路；清代科学家邹伯奇成功研制出中国第一台照相机……一张张鲜活的面容，一个个荡气回肠的故事，出现在眼前，回响在耳边。

先辈们的胆略和勇气，就是南海人敢为天下先精神的集中体现。这种精神和勇气造就了南海的悠久历史和深厚文化底蕴，也深深地影响并鼓舞着南海人。到了改革开放之初，敢想敢干，敢破敢立的南海精神得到了空前爆发。

"改革潮头涌珠江，珠江潮头看南海"。1992 年，南海名列"中国农村综合实力百强县"第四；2014 年，在全国百强区中位居第二……

徜徉于南海博物馆各展厅，思接千载，神游万里，与千百年前的古人相对，总是令人心驰神往，激情澎湃、感慨万千。谭薛珍不知道，在这千年古郡，还埋藏着多少历史记忆的碎片，还隐藏着多少尘封已久的故事。但她坚信，百十年后，南海区博物馆又将增添更多面孔，更多故事。因为，南海是一座屡创奇迹的城市，比如她自己，就创造了一个生命的传奇。

农家少女

夕阳西下。

大朗河两岸的杨柳、庄稼，都披上了一层红霞。被微风吹皱的河面，泛起了层层涟漪，折射着殷红的霞光，就像撒下一河红色的玛瑙，熠熠生辉。

一阵清脆嘹亮的歌声从河面传来：

小小竹排江中游
巍巍青山两岸走
雄鹰展翅飞
哪怕风雨骤
……

循声望去，一只小小的竹排，在波光粼粼的河面上缓缓移动。

竹排由远及近，竟是一个四五岁的小姑娘，一边撑竹排一边唱歌。一个一岁左右的小孩坐在竹排上自顾玩耍。

小小竹排江中游

滔滔江水向东流

红星闪闪亮

照我去战斗

……

这是 1974 年上映的优秀儿童电影《闪闪的红星》里面的主题曲《红星照我去战斗》。电影主人公潘冬子的大眼睛和他那八角帽上的闪闪红星，以及井冈山上的映山红，深深地烙印在六十年代人的脑海中。格调昂扬，节奏鲜明，朗朗上口的主题曲随着电影的上映而迅速唱遍大江南北。

竹排上的小姑娘撑着小小的竹排唱着"小小竹排江中游"。此情此景，让人情不自禁地想起宋代诗人范仲淹的《江上渔者》里的名句："君看一叶舟，出没风波里"。

"这是谁家的小丫头，胆子这么大。"有人问。

"好像是楚南家的小妹。"有人说。

"这太危险了，这么小的小丫头，还带着一个小孩，要是掉进水里了那该怎么办啊?"有人为之捏了一把汗。

竹排上的姑娘唱得正欢，仿佛天地间就只有她跟这小竹排的存在。

突然，"扑通"一声，小姑娘的歌声戛然而止，什么东西掉水里了?

"完了，妹妹掉水里了!"小姑娘一下子慌了神。

"不好，有人掉水里了。"岸边有人眼尖，几个年轻人迅速跳入水中游向竹排。

幸好，抢救及时，小孩无恙。这小姑娘，就是谭楚南家的三妹子谭薛珍，小孩是她的妹妹。

小薛珍生性好动，大大咧咧，一副天不怕地不怕的样子，活脱脱一个男孩子的性格。

虽然有惊无险，但回家之后小薛珍还是难逃父亲的一顿打骂。毕竟，这可是人命关天的大事，如果不给她一点教训，今后只怕会翻了天。

果不其然，这事没过多久，小薛珍又干了一件"坏事"。

六月的一天，天气暴热，太阳火辣辣地炙烤着大地。

再热的天，也阻挡不了小朋友贪玩的心。小薛珍全然不惧太阳的毒辣，竟然背着妹妹顶着烈日上山玩去，导致妹妹中暑，晚上发烧 30 多度。自然，小薛珍又难逃爸爸的一顿打骂。

父亲的打骂，对小薛珍来说，一点都不可怕。在兄弟姐妹中，她虽排行老三，但因其聪明伶俐，深受父亲的喜爱。父亲打她，只不过是装装样子吓唬吓唬她。父亲打完了，骂够了，她又似什么都没有发生过，一如既往地调皮，该玩玩，该干"坏事"干"坏事"。

当然，也有让她受不了的事情，那就是饿肚子，没饭吃，每天饥肠辘辘。

谭薛珍出生于鹤山市宅梧镇双龙乡。鹤山，位于珠三角黄金水道——美丽的西江之畔，因市内有山形如鹤状，故名"鹤山"，是全国著名的侨乡。鹤山自古英雄辈出，先后诞生过咏春拳一代宗师梁赞、慈善家陆佑、被尊为"中国油画第一人"李铁夫、"广东狮王"冯庚长、第一个"中国电影皇后"胡蝶、全国政协常委刘汉铨、第24届奥运会女子举重冠军陈小敏等。宅梧镇则是鹤山的农业大镇，素有"鹤山粮仓"之称。

1969年，轰轰烈烈的上山下乡大潮如火如荼地展开……这是一个敢教日月换新天的年代。这年的春天，谭薛珍呱呱坠地。

"这是最好的时代，这是最坏的时代。"狄更斯的经典名言，对谭薛珍来说，同样如此。由于年幼，置身于各种惨烈的运动之中而能幸免于难，但贫穷和饥饿，却像一个挥之不去的痼疾。在谭薛珍印象中，小时候经常饿肚子，无论春夏还是秋冬，一年四季基本上都是打赤脚，没鞋穿。衣服也是老大穿不了了老二穿，老二穿不了了老三穿，难得有新衣服穿。这样的境况，直到1980年年初分田到户之后，才逐渐有所改善。

1976年，8岁的谭薛珍和同龄人一起，背着书包走进学堂，开启了人生中的求学路，如饥似渴地汲取书籍中的营养。因其聪明且勤奋好学，谭薛珍的学习成绩很好。顺利读完小学，升入初中并读完初一，到读初二的时候，因诸多原因，母亲李灶女拿了一块钱对谭薛珍说："你表叔在邻镇的一所学校当校长，从现在开始你就去那里读书吧。"

谭薛珍很听话，接过母亲给她的一块钱，独自一人坐车去邻镇找她表叔。

表叔了解谭薛珍的情况后，对她说："你就从初一开始重新读吧，先把基础打好。"

"不行!"谭薛珍回答得很干脆。

重新读一年级,这不就是无缘无故地让她当留级生吗?留级生,多难听啊!倔强且好强的谭薛珍是怎么也不会同意当留级生的。

表叔一愣问:"为什么?"

谭薛珍说:"初中一年级我已经读完了,现在要读就读初中二年级,不然不读都行。"

谭薛珍一气之下,又独自一人,原路返回。

她不读了。那一年,是1983年,正值改革开放初期,田地已经承包到户,谭薛珍家里分了十多亩地。在衣食尚且堪忧的年代,读书并不是一件十分迫切的事情。故谭薛珍负气辍学回家,母亲也不以为然:"不读就不读吧,正好家里需要人干活。"

谭薛珍父亲谭楚南极具商业头脑和眼光,不甘于一辈子与土地为伍,却因当时的政策及社会环境所限,使之英雄无用武之地,空有满腔热情,却无抛洒之处。

改革开放,不仅为亿万中国人民带来了实惠和利益,也为人们发挥聪明才智、实现全面发展搭建了广阔平台。谭楚南从改革开放中看到了希望。英雄,终于有了用武之地。乘着改革开放的春风,谭楚南开始走南闯北做生意,家中的一切,包括刚分到户的十多亩地,全部交给了他的妻子李灶女。

李灶女是一位坚强贤惠、任劳任怨、勤俭持家的农村妇女,大半生精力和时间几乎都花在5个子女身上。为了让孩子们过上好日子,李灶女每天起早贪黑,忙里忙外,煮饭、出工、扫地、挑水……在谭薛珍的心目中，母亲总是有忙不完的家务，干不完的活。

分田到户后，李灶女更忙了，一家十几亩地，丈夫长期在外做生意，孩子们又小，她一个人用柔弱的双肩挑起了家庭的重担。

俗话说"穷人的孩子早当家"。看到母亲忙碌的样子，年幼的谭薛珍总是千方百计帮母亲做一些力所能及甚至力所不能及的事情，譬如双抢时节割稻谷插秧。至今，谭薛珍的手指上，还留有一个疤痕似乎在诉说那段艰辛岁月。那时，谭薛珍年仅 10 岁，双抢时节，她和大人一样，天还没亮就起床，跟爸爸妈妈一起翻山越岭去抢收稻子。从家到田地间的距离很远，需要跋山涉水。有一次，谭薛珍在割禾的时候，一不小心割到了手指头上，刹那间鲜血直流，一股钻心的痛从指头上袭来，直透心底。小薛珍忍不住大声哭喊起来。

李灶女听到哭声，走近一看，见谭薛珍那小小嫩嫩的指头被割去了大半边，血流不止，惨不忍睹，一时慌了神。

谭楚南见状，即从口袋中掏出烟袋，抓了一把烟丝放在谭薛珍的伤口上，再从身上衣服的补丁处撕了一块小布条，把伤口包扎好。

血止住了。谭楚南说："伤口太大了，怕要缝针才行，你赶快回去到那个赤脚医生那里去缝两针。"

谭薛珍边哭边走，一个人翻过几座山，越过几条岭，走了几公里，才走到赤脚医生那里处理伤口，消毒、缝针。

伤口缝合之后，虽然不用再去田头割禾，但还是不能因伤而休息，还得在家里干活，如洗衣服、做饭、晒稻谷等。特别是洗衣服的时候，那伤口一沾到水，还是一阵阵钻心地痛。小小的薛珍坚强地忍受着。

时间，在悄悄流逝。

15岁的谭薛珍已从当年的小女孩长成亭亭玉立的美少女，成了母亲李灶女的主要帮手，田头地里家中，里里外外忙个不停，农活家务活样样拿手。

每天干完农活，忙完家务，谭薛珍就一头钻进书海中。

谭薛珍好读书。虽然辍学，但依然勤奋好学，一有时间就学习。在日常生活中，她通过阅读大量的小说来丰富和提升自己，通过艰苦的劳动来磨炼自己，这为她今后的成长与发展打下了坚实的基础。

大部分女孩喜欢追"星"，都有自己心目中的偶像。谭薛珍也不例外，只不过她所追的"星"，不是明星，她心目中的偶像，也与明星无关。她所追的"星"，她心目中的偶像，是同一个人：伟大的领袖毛泽东主席。那时候，谭薛珍特别喜欢读与毛泽东有关的小说。在她心目中，毛泽东是一个非常伟大的人，是一个时代的象征，是中华民族自强不息伟大民族精神的真实代表，是真正的民族英雄。邓小平曾这样评价毛泽东："他多次从危机中把党和国家挽救过来。没有毛主席，至少我们中国人民还要在黑暗中摸索更长的时间。"在半个多世纪的革命生涯中，毛泽东把自己的毕生精力，无私地奉献给了中国人民的解放事业和全人类的进步事业，不仅获得了中国各族人民的敬仰和爱戴，也赢得了世界各国人民的赞誉和尊敬。

1910 年，时值 16 岁的毛泽东离开韶山到湘乡去读书时，改写了一首诗送给他父母，以表其远大抱负：

男儿立志出乡关，学不成名誓不还。

埋骨何须桑梓地，人间处处是青山。

每次读到这首诗，年仅 15 岁的谭薛珍就有一种热血沸腾的感觉，生性好动、志在远方的她，总是按捺不住内心的骚动：该到外面的世界去闯一闯、搏一搏了。

初涉"江湖"

1985年3月，春寒料峭，北方还笼罩在冬季的寒冷中，岭南已是草长莺飞，桃红柳绿，春花烂漫。朝霞中，谭薛珍告别父母，告别家人，独自一人登上了开往佛山的汽车。

窗外，熟悉的景象渐行渐远。前方，又是怎样一番风景？

谭薛珍虽静静地坐在车上，但内心却起伏不定。第一次离开故乡，犹如脱笼的小鸟，带着一种对世界充满新奇的惊喜和欢欣雀跃；也为离开父母独自远行而愧疚。因为她的离开，对她母亲来说，无异于失去了左膀右臂，家庭的重担，又全部落到了母亲一个人的肩上。她的脑海中，又出现了母亲独自一人辛勤劳作的身影。一想到这里，她的眼眶湿润了，不争气的泪水悄悄地流了出来。

然而，等待她的，又是一片什么样的天空？

佛山，我来了！一个年仅15岁的勇敢的小女孩。

佛山，是一座有着1300年历史的古城，有着丰厚的文化资源，同时也是岭南文化发源地之一。自改革开放以来，佛山人民秉承先辈们敢为人先的精神，勇立潮头、把握先机、敢闯敢试争当改革先锋，创造了许许多多奇迹，为全国提供了许多改革的先行经验，也使千年古镇的佛山走上了新的辉煌之路。

佛山，还是佛山。初到佛山的15岁的小女孩谭薛珍，夹杂在人流与人海之中，几乎无从分辨，而她的内心，也充满了惶恐和不安。因为这是一座完全陌生的城市，面对的是完全陌生的人群，她不知道她脱离家乡的樊笼迈着匆匆步伐奔赴的将是怎样的一个前程，也不知道她未来的人生命运将怎样变幻，更不知道20多年后，她将在这片神奇的土地上创下多个中国乃至亚洲第一的奇迹，并为地方经济的发展写下极其浓厚的一笔。

作为一个刚从农村出来的小姑娘，能改变自己命运已属不易，改变别人的命运更难，改变许多人的命运想都不敢想。然而这些想都不敢想的事，却偏偏在她身上发生了。谁敢想象，这位15岁的小姑娘居然能在20多年后，在佛山这块热土上改变数千人的命运？

到佛山后，谭薛珍应聘到一家五金厂工作。

对谭薛珍这样的小女孩来说，初来乍到，能够顺利找到一份工作让自己稳定下来已属幸运，但谭薛珍不然，她的心没有那么容易满足，每月60元的工资对她来说太少，故在五金厂只工作了一个月，就辗转进入了另一家塑料厂。

谭楚南是较早响应中国改革开放第一代的企业家。20世纪80年代中期，经济改革的浪潮已经席卷全国，但人们的认识离社会先进生产力的发展要求还有很大差距，对新出现的承包现象、雇工现象持怀疑、抵触的态度，也由此引发了一场全国性的"姓社姓资"的大讨论。在人民的讨论与质疑声中，谭楚南早已凭着敏锐的眼光、敢为人先的勇气和干一番事业的雄心，在经商的路上艰难跋涉，摸索前行。

1986 年，谭楚南把目光瞄准了山东的塑料加工。不过这次谭楚南不想独行。一个人在外面办厂，如果没有一个放心的帮手，太辛苦，生产与业务也顾不上。带谁去？带老三谭薛珍去。

对这个女儿，谭楚南有一种偏爱。一是聪明活泼，鬼点子多，且懂事、善解人意、听话；二是能吃苦耐劳，做事风风火火，从不拖泥带水；三是胆大心细，有一股闯劲，有理想，有抱负，相信她能干出一番事业。

"你就不要去打工了，跟老爸去山东帮忙吧！"1986 年年底，谭楚南对女儿谭薛珍说。

"好啊！"谭薛珍想也没想，就一口答应了父亲。

对当时的谭薛珍来说，世界就像一片无垠的天空，时而繁星点点，时而似蔚蓝大海，时而又乌云密布，那变幻莫测的苍宇隐藏着无数的秘密。在谭薛珍的内心，一直有一双清澈的眼睛，仰望着苍宇，渴求那些秘密，渴求外面的世界。

"什么时候去？"谭薛珍问。

"想不想去少林寺？"父亲不答反问。

谭薛珍茫然地说："当然想去啊，但我们去少林寺干吗？难不成去当和尚尼姑？"

谭楚南忍俊不禁，哈哈大笑，打趣道："你想当尼姑吗？"

谭薛珍说："不想。"

谭楚南又问："你知道少林寺在哪里吗？"

"不是在河南省的登封吗?"谭薛珍说。20世纪80年代初期,电影《少林寺》风靡神州大地,并引领了一轮武学热潮。人们也从电影中记住了河南登封。

父亲说:"我们今年先去少林寺所在地的登封县买几台塑胶加工机,过完年之后我们再去山东。"

"行。"谭薛珍说。

几天后,谭楚南父女挤上了开往河南的绿皮火车。

对出生在20世纪六七十年代的人来说,绿皮火车有一种类似见证成长的作用。小时候总有种冲动,要乘着它奔向远方,去外面的世界看一看。但当你真正登上绿皮火车,却发现并没有想象中的那么美好。事实上,这是一段真正的"苦旅",车厢内拥挤不堪。周云蓬曾在《绿皮火车》中这样描述:"在车厢过道上,别着头蜷着腿,那真是安忍如大地。可是,推小车卖东西的人来了马上要爬起来,走了再躺下,还有上厕所的人从你身上跨来跨去……"

谭薛珍喜欢欣赏窗外的风景,但在这绿皮火车上,平行于窗外风光的是鲜少被注意的窗内景致。热烈蒸腾的烟火气息,扑面而来的百态世相:勺子撞击搪瓷杯的叮当声;方便面在车厢里沉闷发酵的浓香;男人们自始至终都在吞云吐雾;天南海北的闲聊总是带着瓜子味儿;人们永远不停地发着牢骚,小孩哭嚷得撕心裂肺般嘹亮……

或许,谭薛珍当时并不知道,她父亲的决定,以及从她登上这列绿皮火车的一刻起,她的命运、她的整个人生,将彻底改变。

绿皮火车的速度非常慢，平均时速不到 50 公里。历经 20 多个小时，在缓慢而悠长的"咣当"声中，绿皮火车终于缓缓地驶进了郑州火车站。

谭薛珍随父亲下火车出站后，又马不停蹄地赶到汽车站，坐上前往登封的汽车。

披着夜色，带着疲惫，忍着饥饿，一路风雨兼程，谭楚南父女终于抵达了他们此行的终点——登封县。

少林寺虽近在咫尺，但谭薛珍已提不起精神前往。此刻，她最大的心愿，就是找一个安静的地方好好地睡上一觉，以安抚一路的颠簸，洗刷一路的尘埃。

谭楚南找到宾馆，并办好入住手续。

待分别进房时，谭楚南把女儿拉到一边，看了看四周无人，从包里面拿出一包用旧报纸包裹得很严实的东西，交给谭薛珍，悄悄地对她说："这是明天要去买机器的 6000 块钱，今天晚上睡觉你就把它藏在身上，我那个房间住了好几个人，鱼龙混杂，怕被人趁晚上熟睡的时候偷走了。"

谭薛珍接过钱，放进自己的包里。

谭楚南见状，似不放心，又交代："你千万要注意点，好好藏着，千万不能弄丢了。"

谭薛珍不置可否，觉得没有什么大不了的，说："爸，您放心，不会弄丢的，不就一个晚上罢了。"

话虽如此，谭薛珍也不敢大意。20 世纪 80 年代，6000 元钱不是一个小数目。为了安全起见，在临睡前，她把这 6000 元藏在裤裆中。尽管如此，谭薛珍还是担心钱被盗，以致于一个晚上都没有睡好。

谭薛珍被父亲从睡梦中叫醒。"快点收拾行李，我们要去重庆。"谭楚南对女儿说。

刚从睡梦中醒来还处于迷糊之中的谭薛珍问："我们刚到这里，又要去重庆干吗？"

谭楚南说："听说那边的机器便宜，我们先去那边看看。"

谭薛珍又匆匆收拾行囊，随父亲赶往重庆。

去重庆的路上，多了一位鹤山市供销社的采购经理，也是谭楚南生意上的合作伙伴。

刚到重庆，因业务需要，谭楚南安排好女儿的住宿之后，对她说："山西那边有业务，我们必须马上赶去，来回大约需要四五天时间，你就留在这里，待我们办完事之后再过来接你。"交代完，即与采购经理匆匆前往山西。

把一个年仅 16 岁的女孩留在异地他乡，或许非谭楚南所愿，但人在江湖，往往身不由己。

只是，谭楚南这一去，却苦了小薛珍。人生地不熟，举目无亲，再加之言语不通，手头又不宽裕，谭薛珍只得天天待在宾馆，哪里也不敢去，哪里也不能去。父亲走的时候仅留了 20 元钱给她做生活费，说是五天后回来，这五天的生活，就靠这 20 元钱，且不知父亲业务是否顺利，倘若不能在五天之内按时回来，那后果还真不堪设想。

宾馆就在嘉陵江边,向窗外望去,只见滔滔江水,滚滚而来,汹涌而去。它们,从哪里来?又将流向哪里去?谭薛珍联想到自己的处境,恐惧油然而生。

赶紧关上门窗,仰面倒在床上,眼睁睁地望着那白色的天花板。然恐惧感却如那滔滔嘉陵江水,始终在她眼前浮现,在她脑海中翻腾,挥之不去。她只好爬起来,盘腿坐在床上,想了想,下床从行李箱中翻出一本书,再坐回床上,读起书来。

这是一本金庸写的武侠小说。那时候,谭薛珍已经迷上了金庸的武侠小说。

"飞雪连天射白鹿,笑书神侠倚碧鸳"。金庸武侠小说是20世纪中国文学史上无可比肩的畅销书。金庸作品在征服了无数读者的同时也掀起学术界对其进行研究的热潮。他将深刻的人生哲理和深厚的东方文化内涵,灌注于神奇而浪漫的武侠故事之中,使之上升到文学艺术的高度。而且,作品中包含着丰富的民族文化知识,从天文地理、历史宗教、文学艺术、医药民俗到道德人伦无所不包。读后在陶冶性情的同时,给人一种知识上的极大满足。

谭薛珍更喜欢金庸笔下主人公们那种敢爱敢恨、敢打敢杀的快意恩仇,以及那种"侠之大者,为国为民"的家国情怀。她那雷厉风行的性格,敢想敢干、敢拼敢闯的精神,以及慈悲为怀、兼济天下的胸襟,或多或少受到了金庸武侠小说的影响。

五天后,武侠小说读完了,父亲也回来了。谭楚南携女儿一起,辗转各机械市场,找机器,询价格,货比三家。前后折腾了好几天，才买到他们心目中性价比最好的机器，发运到山东惠民县，然后匆匆踏上归途。

快过年了，他们没有游玩的时间，否则就赶不上回家过年了。

对谭薛珍来说，这是一趟去了少林寺而与少林寺失之交臂，最后独自一人在重庆待了五天的无奈之旅，也是初涉"江湖"之旅。虽心存遗憾，但正如古人所云：读万卷书，不如行万里路。此行虽路无万里，但一路所见所闻的新奇之事，更加之父亲结合自身经历向她灌输一些鲜活的为人处世的道理，使她一下子成熟了许多，懂得了许多。

山东历练

　　1987 年，改革开放进入第八个年头，温饱问题基本解决，源于对空间的开拓渴望，一部分人开始迫不及待地把目光投向市场。于是，"属虎的上山，属龙的下海"这一口号在湖北一些地方大为流行；福建省提出了"八闽齐念'山海经'，向绿（山）蓝（海）两大'银行'要财富"的发展新战略；"当晚划定，半夜就干"，则成了广东人挂在嘴边的一句话。这一年，联想集团创始人柳传志在被骗 300 万元后重新创业；这一年，安踏集团总裁丁志忠花 48 元买了一张去北京的火车票；这一年，娃哈哈集团董事长宗庆后带领两名退休教师走上了创业之路；这一年，任正非集资 2.1 万元创立了华为；这一年，谭楚南带着他的女儿谭薛珍去了山东……

　　滚滚而来的改革开放大潮，催生了一批伟大的企业家，他们以时不我待、只争朝夕的拼搏精神以及大无畏的勇气，在社会主义市场经济中先行先试，有的有幸成为先驱，有的不幸成为先烈，还有更多默默无闻者。无论先驱还是先烈，不管有名或无名，正是他们为中国的改革开放闯出了一条条用血泪甚至是生命铺成的康庄大道，为祖国的崛起和今日中国之繁荣与强大，作出了不可磨灭的贡献，历史终将记住他们。

1987年春节一过，谭楚南便迫不及待地带着女儿谭薛珍和在村里招聘的几名女孩一起前往山东惠民县，开启他事业的新征程。

山东惠民县乃历史名城，中国古代著名军事家孙武的故里。孙武（约公元前545年—公元前470年），字长卿，齐国乐安人，春秋时期著名的军事家、政治家，尊称兵圣。后人尊称其为孙子、孙武子、百世兵家之师、东方兵学的鼻祖。

《唐太宗李卫公问对》中云："朕观诸兵书，无出孙武；孙武十三篇，无出虚实。夫用兵，识虚实之势，则无不胜焉。""吾谓不战而屈人之兵者，上也。百战百胜者，中也。深沟高垒以自守者，下也。以是较量，孙武著书，三等皆具焉。"

谭薛珍在孙子故里初涉商海，或受《孙子兵法》之熏陶，数年后在商战中运筹帷幄，纵横捭阖，在负重前行之中，仍然一路披荆斩棘，或与孙子精神之熏陶或对《孙子兵法》之研究有关。当然，最大的影响莫过于其父亲谭楚南对她刻意的培养。

初到山东惠民，又因业务上的需要，谭楚南无暇多待，必须马上出差去其他地方联系洽谈业务。考虑到闺女初来乍到，人生地不熟，谭楚南委托几位朋友，拉着谭薛珍对他们说："这是我的闺女，今后我不在这里的时候，就拜托你们多多帮忙照顾一下。"说完，简单交代谭薛珍几句之后，谭楚南便离开了惠民，且一去就是20多天，把谭薛珍一个人留在那里。

在孩子眼中，父亲就是一座山，是心中的顶梁柱。父亲走后，谭薛珍感觉心里突然空荡荡的，在这个人生地不熟，且举目无亲的地方，一种莫名的不安油然而生。

更重要的是，父亲离开的时候，不知是有意考验还是走得匆忙，竟然没有给谭薛珍留下一分钱。厂房是新租的，无水无电，徒有四壁，机器也是年前他们从重庆托运过来的，连包装都还没来得及拆除。请人安装水电、机器，都需要钱。

巧妇难为无米之炊，"爸爸没有留下钱给我，该怎么办啊？"谭薛珍心里又委屈又着急。委屈是因为父亲把她一个人"丢"在这人生地不熟的地方不管不顾，着急是因为父亲对她的信任，把这里的一切都交给了她，她却束手无策，不知道如何去面对眼前这在她人生中属于前所未有的一切。

这一年，她才17岁，如花的季节。

"小小的草，迎风在摇，狂风暴雨之中挺直了腰……"谭薛珍想起了《小草》这首歌的歌词。

"我要做一棵在风中，在狂风暴雨中顽强生长的小草。"谭薛珍挺了挺胸，擦了擦因委屈而流泪的双眼，开始坚强、坚韧地直面眼前的困难。

没钱请安装工人，就自己动手！

这时，哥哥谭健波和她的一位叔公李朝东也从老家来到了惠民（由于水土不服，谭健波在惠民仅待了20多天就回了老家）。有了帮手，谭薛珍就和叔公、哥哥一起，自己当安装工人。

安装水电技术难度不大，劳动强度却很大，是体力活。从农村出来的谭薛珍不怕吃苦，更不怕累，安装水电的工作，基本能够应付。但安装机器就不是一件容易的事了。机器笨重，在安装过程中，不能有分毫误差。谭薛珍集哥哥、叔公之力，对照安装说明书，一步一步地安装、调试。有问题，再安装，再调试。

在谭薛珍他们三位"安装工"的不懈努力下，厂房灯火通明，机器开始轰鸣了。

然而，这些对谭薛珍来说，只是万里长征走完了第一步，接下来的原材料采购、生产和销售将更为艰巨。

后来虽穷其心智想尽一切办法拉来了原材料，但生产加工又是一大难题。她一无经验，二无技术，甚至机器怎么开都不知道。好在有机器使用说明书，在生产操作过程中，谭薛珍对照说明书"现炒现卖"，勉强使机器动了起来。

最让她难受的，是塑料投放到机器中经高温融化分解之后散发出来的阵阵恶臭气味，让人闻之欲呕，上班期间，谭薛珍与她的姐妹们只得全程戴着口罩作业。

几经折腾，第一批产品——塑胶颗粒（废旧塑料加工后的半成品）终于在千呼万唤中徐徐产出。

看着这些由自己全程操作生产出来的半成品，谭薛珍的眼眶湿润了。

是高兴还是辛酸抑或是幸福，只有她自己才清楚。

有了产品，销售又成难题。如果不及时把产品销售出去，就会造成资金积压并占用有限的仓库，导致后续生产无法正常开展。

谭薛珍又从零开始，学销售，打听到哪里有需求就往哪里跑，哪怕要坐上几天几夜的火车跑上几百公里甚至几千公里，她都义无反顾，且毫无畏惧。

有一次，谭薛珍坐火车从山东回广州联系业务。那时，山东到广州没有直达列车，需在石家庄中转换乘。

谭薛珍到石家庄时，已是深夜。下车后，站在黑暗的站台上，疲倦、饥饿、寒冷、孤独的感觉伴随着阵阵寒风迎面袭来，谭薛珍不禁打了个寒颤。

距离换乘列车还有几个小时，又冷又累又饿，这几个小时怎么打发？住旅社，太奢侈，虽然一个晚上只要十多元钱，但对谭薛珍来说，十多元钱可以买很多原材料，可以派上很大的用场。现在工厂正是缺钱的时候，她恨不得把一分钱掰开当两半花。

待在候车室，太难熬。去看录像吧！20 世纪 80 年代，香港电影以录像带的方式传入内地。一时之间，录像厅在各城市遍地开花，港产武打片吸引了大批年轻人的光顾。有些通宵放映的录像厅曾衍生出另一项功能——住宿。常有住不起旅店的人来"看"夜场，因为花三五块钱就能在录像厅睡到天亮，虽然有点吵，但比住店便宜多了。20 世纪 90 年代后期，随着 VCD 和影碟机逐渐在家庭中普及，以及网吧的兴起，录像厅才日渐消失。

谭薛珍一推开录像厅的大门，一股厕所才有的骚味、烟味、脚臭味以及其他各种不知名的味道混合在一起的刺鼻气味扑鼻而来。谭薛珍不自觉地用手捂了捂鼻子，皱了皱眉，待稍微适应一点后，走进去在中间找了个靠边的位置坐下来看录像。

谭薛珍身在录像厅，心却在想此行的工作。正想着，突然间，觉得有人在她的屁股上抓了一把，她条件反射似的一下子从座位上跳了起来。往后一看，只见几个看似流氓地痞样的年轻人一脸坏笑地坐在她后面，还对着她挤眉弄眼。

谭薛珍害怕起来，狠狠地瞪了他们一眼，录像也不看了，马上跑出了录像厅。

夜更深了，外面风很大，温度下降到了零下十几度。

习惯了南方气候且只穿了两条裤子的谭薛珍一出录像厅门就打了个哆嗦，冻得浑身发起抖来。

或许，寒冷对她来说，已在其次，之前天不怕地不怕的谭薛珍此刻感受到了深深的恐慌，感受到了自己的处境相当的危险。她开始后悔当初莽撞逞能，如果出来的时候带一位姐妹做伴，行事有个商量照应，总好过一个人孤立无援。但事已至此，谭薛珍只有硬撑到底了。

这一年，谭薛珍才 17 岁。这一年，她一次次地穿行南北，往返东西。为了省钱，买的车票基本上都是站票，有时一站就是六七十个小时，站累了，就到车厢连接处或者厕所旁席地坐一会儿。饿了，一个咸蛋一碗小米粥就算一餐……

苦难是一部内涵十分丰富的教科书，正如"故天将降大任于斯人也，必先苦其心志，劳其筋骨，饿其体肤，空乏其身，行拂乱其所为，所以动心忍性，曾益其所不能"。从某种意义上来说，也正是在山东惠民创业的这种艰苦生活锻炼了谭薛珍坚韧不拔的性格，铸就了她以后的成功之路。

每当谭薛珍回忆起这段往事，总是深情地说："我很感谢我爸，让我在那里（惠民县）学会了很多东西，如学会了孤独，学会了忍耐，学会了怎么面对和怎么解决问题，怎么去经营等，同时也磨炼了我的意志，锻炼了我的胆量，所以我爸是我的人生导师。"

不能不说是一个奇迹，一个年仅 17 岁的少女，竟凭一己之力，在异地他乡从零开始，从无到有独自创办了一个塑料加工厂，从生产到销售，里里外外一把手，从开始的手忙脚乱到后来的得心应手游刃有余，前后不到一年的时间。

初涉商海的农家少女，必将成为商业奇才。工厂生产和销售基本稳定后，谭薛珍为追求效益最大化，将工厂的六七名员工分成两班，即白班和晚班。那时她叔公李朝东也在帮忙。考虑到叔公年纪大，谭薛珍就让叔公负责白班，自己负责晚班。晚班比白班更辛苦。

实行两班倒后，产量成倍增长，谭薛珍的工作量也成倍增加，她更忙更累了。

机器 24 小时轰鸣，电力负荷有点吃不消了。有一天晚上，谭薛珍她们正在全神贯注地工作，突然"嘭"的一声，明亮的车间刹那间变得漆黑一片，轰鸣的机器发出几声呻吟之后，也悄无声息了。

"停电了？"

工厂外面，还是万家灯火。

"不是停电，应该是保险丝烧了，或者是哪里的电线烧了。"

"去哪里找个电工来看看？"

"这么晚了去哪里找电工？我们工厂又没有电工。"

"灯亮了。"

"是手电筒。"

工人们正在议论中，谭薛珍不知从哪里找来了一只手电筒，把工厂主要的线路查看了一遍。好在厂房不大，几分钟就查完了，没有发现烧坏的痕迹。

应该是保险丝烧了。谭薛珍用螺丝刀打开保险盒盖一看，果不其然。"换一根保险丝就行了，帮我找根保险丝来。"谭薛珍对其姐妹说。"这是 380 伏的高压电，很危险的，必须要电工才能换，你千万不要去换。"姐妹不无担心地说。

"没事。"谭薛珍说，"不就一根保险丝吗，我不去碰电线就行。"

结果，谭薛珍用一把剪刀，一把螺丝刀，就把保险丝换上了。

灯亮了，机器又响了。谭薛珍又多了一项工作：电工。

电工很危险，谭薛珍没有被电击到，却差点被煤气夺走了生命。宿舍距工厂步行需要一个多小时。那时她们没有单车，更没有汽车，每天上下班都是步行，往返近三个小时。有一天，李朝东因临时有事，提前半小时回到宿舍。

这个时间点，谭薛珍她们应该准备去上班了。但令李朝东奇怪的是，宿舍竟非常安静，没有一个人影，也没有一点声音。

难道她们都去上班了？不可能，去上班的路只有一条，他回来的时候没有在路上碰到她们。

她们都去哪里了？李朝东在她们的宿舍门口叫了几声，无人应答，也无动静。

用力敲门，结果还是一样。难道……一想到这里，李朝东便不寒而栗，奋起一脚踹开房门，发现谭薛珍她们一个个躺在床上，看样子都像是晕了过去。李朝东见状，倒抽了一口凉气，马上叫几个邻居帮忙。

好在发现及时，也幸亏李朝东早回家半个小时，才把她们从死亡的边缘拉了回来。

大难不死，必有后福。谭薛珍的后福又是什么呢？

坠落红尘

《英国简史》的作者伍德沃德说："历史涉及的有时只是民族生活的极小部分，人民的大部分生活和艰辛创业，过去和未来都不会有文字记载。"然而，这被略去的大部分生活，却是构成生活乃至时代最重要的戏码。在波澜壮阔的改革与发展浪潮中，身为弄潮儿的企业家们在激荡中前行，有的乘风破浪，有的豪情满怀，有的精于计算，有的勤恳坚毅，有的踏雪寻梅，有的进退维谷，有的锒铛入狱……每一位企业家的成功和失败，所有的故事都值得被记载。大人物决定了历史的走向，小人物体现了历史的真实。

如果不是因为那场突如其来的变故，谭楚南或许会成为一名成功的企业家。

让谭楚南感到最骄傲的，或许是他家的老三谭薛珍。独自一人在异地他乡创办一家工厂，生产经营管理得有声有色。谭楚南几乎没有为之操心操劳过。有塑料厂为根基，且没有后顾之忧，谭楚南把精力和时间全部投入市场，捕捉商机，拓展业务，谋求更大发展。

1988 年，谭楚南与某供销社合作，收购废品。然而，谭楚南做梦也没想到，这一本小利微且又脏又累的废品收购，竟将他打入了十八层地狱。

在收购废品的过程中，有人举报，说谭楚南受贿。谭楚南因此锒铛入狱，身陷囹圄。实业报国的梦想生生破灭，幸福的家庭瞬间坍塌，最终等待他的，是无奈的结局与不可弥补的生命遗憾。

谭楚南不仅是家中的顶梁柱，更是一家人的精神支柱。支柱轰然倒塌，一家人顿时崩溃。

为了获得保释，为了填补所谓的"受贿"款，谭楚南的妻子李灶女变卖了所有值钱的家产，借遍了所有亲朋好友，仍然无法凑齐需要的款项。作为一个弱女子，李灶女已经尽了最大的努力，再也想不出其他办法了。

"你再去想想办法，把你爸爸赎回来吧！"万般无奈，李灶女把所有筹来的钱交给谭薛珍，同时把希望寄托于谭薛珍。在李灶女眼里，谭薛珍是一个非常聪明能干的好女儿。

谭薛珍又能想什么办法？工厂变卖了，她身上仅有的1500元私房钱也都拿了出来。

但当她看到母亲满脸的期盼，想到父亲在监狱里遭受非人的折磨，谭薛珍的心都碎了。

"爸爸，您放心，无论怎么困难，我都要想办法把您赎出来。"谭薛珍在心底暗暗发誓。

就在山穷水尽之际，谭薛珍想到了她之前在佛山打工时认识的男朋友。

"何不去他家试试看能不能借点钱？"谭薛珍想。

"还没跟他结婚就去找他借钱，别人会怎么看？男朋友家里的人会怎么看你？以后结婚去了他家，会不会因此而低人一等？"一想到这些，谭薛珍又踌躇起来。她是一个自尊心非常强的女孩，在山东惠民创办和经营工厂的时候，条件是何等的艰苦，生活是那么的困难，但她从来没有低声下气地去求过别人，有困难都是自己想办法解决，苦了累了，找个角落痛哭一场，然后再擦干眼泪重新挺起胸膛。

茫然无措，又无计可施。不管了，先去借了再说。

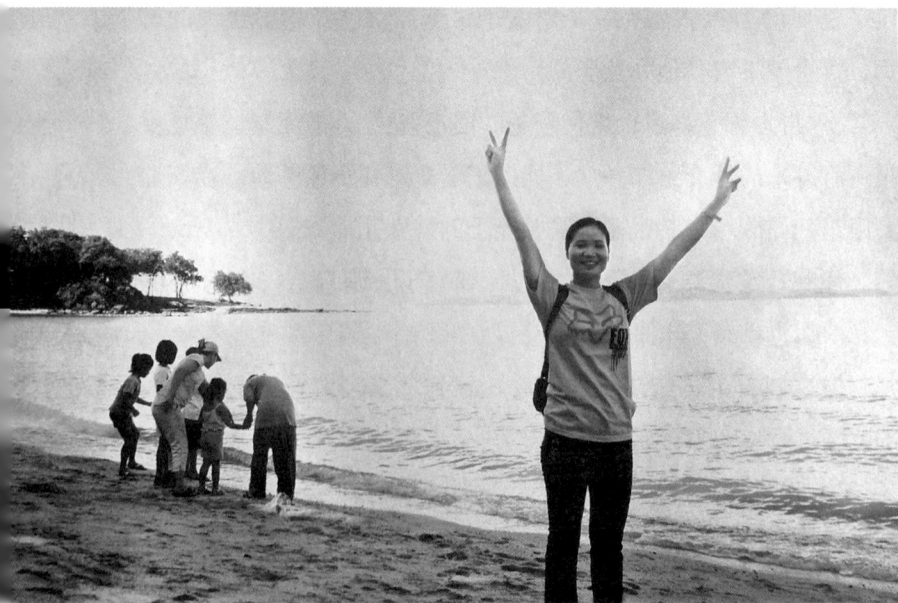

2005 年 10 月，谭薛珍在台湾

经过一番激烈的思想斗争之后，为了早日救父亲回家，谭薛珍放下自尊，鼓起勇气，去了男朋友家里。

此刻的谭薛珍，就像一个溺水之人，在孤立无援的情况下只能自救，而身边没有可供攀爬救命的东西，那么，就算是一根稻草，尽管起不到什么作用，也只能抓住了。这是绝望中的最后一线希望，尽管这希望很渺茫，甚至还会带来更大的灾难。

不负所望，谭薛珍从男朋友家里借了1万元钱。不幸的是，之前谭薛珍的顾虑，后来全部应验，这1万元钱成了她背负一生的沉重精神负担。

经过四处奔波，穷尽一切办法，谭薛珍终于凑齐了赎回父亲所需要的钱。

百般拼搏，只为男儿志在四方；万分努力，欲以满腔热血报家国。到头来，却落得如此下场，谭楚南只觉心灰意冷，万丈激情荡然无存，余生甘为红尘事农桑。

谭薛珍的命运也因此而改变。

毫无征兆，亦无任何准备，谭楚南刚被赎回，还来不及平复受伤的心灵，谭薛珍男朋友家即提出要谭薛珍马上完婚。原因是谭薛珍男朋友的妹妹要结婚了，作为哥哥，必须在妹妹前面结婚。

1988年年底，谭薛珍和她的男朋友走进了婚姻的殿堂。

结婚，是人生大事，婚礼则成为结婚最直接的表现形式，为了一生中最美丽的时刻，每个人都希望自己的婚礼办得隆重一些、体面一些。同时，婚礼对于每个人来说都是最难忘、最幸福的：当耳边回荡着动人心弦的乐曲，当眼前变换着迷人的灯光，楚楚动人的新娘和潇洒英俊的新郎，步入神圣的婚礼殿堂，举起金色的引火器，摇曳的烛光映衬着浪漫高雅的婚礼……然而，谭薛珍的婚礼，没有浪漫，只有泪水；没有幸福，只有痛。

由于时间非常仓促，加之一家人还笼罩在父亲谭楚南事件的阴影之下，无心也来不及为谭薛珍筹备婚礼。故谭薛珍结婚当天，不但家中没有一人相伴相送，连给新娘梳头这样的重大礼仪，也没有人帮她完成。

结婚梳头，又称为新娘子"上头"，早在古时候的婚俗里就有这样的一种做法。"上头"象征一对新人正式步入成人阶段，要组织新家庭，肩负起开枝散叶的使命。新娘出嫁前一晚，须择好时辰先沐浴更衣，然后由家族中符合资格的长辈（俗称好命婆，即家族中父母、子女健在、夫妻和睦的长辈）为新娘梳头，所谓"一梳梳到底，二梳白发齐眉，三梳子孙满堂"，既包含了家人的美好祝愿，也有爱意的传递。

没有家人的祝福，这婚姻会幸福吗？此情此景，谭薛珍除了心头滴血，又能如何？

"曾无数次幻想我的婚姻。自幼通诗书，当然早慧。该是'倚门回首嗅青梅'的含羞不语，或是'赌书消得泼茶香'的情投意合。若有小别，我会否为伊消得人憔悴，又有巴山夜雨的归期之约吗？可是，姻缘凉薄，经不起我深情揣测。那些浓情蜜意，只合作诗下酒。生活常态还是狰狞。"

或许，对婚姻的幻想，谭薛珍也常常在心底浮现，然"生活常态还是狰狞"。

命运，总是喜欢捉弄善良的人们。

结婚，意味着人生一个新阶段的开始。对谭薛珍来说，结婚，却是噩梦的开始。

婚后的谭薛珍是典型的贤妻良母，全心全意地践行着"嫁鸡随鸡嫁狗随狗"的古训，对她丈夫及其家人的爱，从不打半点折扣，哪怕付出她自己的全部，尽管这只是她的一厢情愿。

20世纪90年代初期，大部分家庭的生活还相当困难，经济来源十分有限。婚后不久又有孕在身的谭薛珍，有时候拮据得连去市场买菜的钱都没有。特别是1993年下半年，没钱买菜，谭薛珍怀着三个月的身孕，蹚着刺骨的冰水到池塘里去摸田螺，然后迈着冻僵的双腿拿到市场上去卖，以此换取一点微薄的收入维持一家人的生计。

为了操持这个家，谭薛珍操碎了心，受尽了各种委屈，历尽了百般苦难。为了生活，她摆过地摊，种过菜蔬，砍过竹子，做过泡蒜头，去别人家做过饭、扫过地……只要有钱赚，哪怕只能赚1元钱，她都义无反顾，不惜一切。在为酒店做泡菜的时候，因为在醋水中泡得时间太长，她的手都泡烂了……就算如此，生活还是捉襟见肘。

1995年，儿子到了上学的年龄。再穷不能穷教育。自己没有好好上过学，谭薛珍不想让自己的悲剧在儿子身上重演，再次厚着脸皮去借钱给儿子上学。

为了100元钱的学费，谭薛珍找了好几个人借，结果都是空手而归。有的，跟她家一样贫穷；有的，有钱也不想借给她，因为她家穷，怕还不起。更多的，则是不相信她没有钱，认为她是说大话。

1992年，谭薛珍丈夫与他人合伙创办了一家工厂。工厂效益如何，谭薛珍不得而知。但在常人眼里，你家是办企业的，是老板，连100元钱都拿不出来，绝对是说大话。

是不是大话，只有谭薛珍自己才清楚，不要说100元钱，她身上经常连100分钱都没有。这样的苦衷，她又能跟谁去诉说？

在苦难中，谭薛珍煎熬着、挣扎着、坚持着……

临危受命

1992 年，被普遍视为中国民营经济发展史上的重要分水岭。此前，民营经济一度陷入低潮。那一年，邓小平发表了著名的"南方讲话"。此后召开的中共十四大及十四届三中全会确定的"以公有制为主体、多种经济成分共同发展的方针"的政策为个体私营经济的发展创造了更为宽松的政治环境、政策环境和社会舆论环境。伴随一系列激励措施的出台，个体私营企业如雨后春笋般在中国大地涌现，民营经济开始进入高速发展期，"苏南现象"、珠三角"前店后厂"模式，一时成为广泛讨论和争相效仿的对象。作为改革开放先行者、中国民营经济发源地之一，敢为人先的佛山人再次发挥了"春江水暖鸭先知"的示范效应，成千上万家民营企业如雨后春笋般涌现。

在大潮推动下，谭薛珍丈夫与人合伙，各出资 4 万元创办了一家风扇厂，希望能在这一场伟大的变革中成就一番事业，从而改变人生命运。创始人的命运如何，不得而知，但谭薛珍的命运因此而彻底改变。

1995 年，谭薛珍进入这家工厂工作。从家庭主妇到进入工厂成为一名工人，对当时的谭薛珍来说，意味着告别苦难，迈向

新生活。因为，她再也不用为一日三餐而操劳，再也不用为儿子
上学的学费而低三下四地去求爷爷告奶奶。更为重要的是，谭薛
珍是一个有理想和抱负的人，早在山东惠民就体现出了她出色的
经营管理才能，现在的她，更渴望有一片自由翱翔的天空。

　　进厂后，谭薛珍非常珍惜这难得的机会，她工作十分认真、
踏实、负责。她从不以自己是股东家属自居，甚至后来走上工厂
重要管理岗位后，工厂员工及一些高管都不知道她是工厂股东
之一。

　　有付出，就有收获；是金子，放在哪里都会发光。谭薛珍的
才能，在风扇厂得到了充分的发挥，也引起了张松的赏识。

　　1999 年某天，工厂文员对正在车间工作的谭薛珍说："老板
找你，要你去一下他办公室。"

　　谭薛珍丢下手头的工作，风风火火地走进老板的办公室，
开口就问："你找我有什么事？"

　　这是谭薛珍的性格，为人处世耿直，雷厉风行，从不拖泥
带水，没有半点矫情。

　　老板注视她几秒钟后，问："你来工厂三年多了，对各项工
作都比较熟练了吧？"

　　"还行！"谭薛珍答。

　　老板说："我……我有件事情想跟你商量一下。"

　　谭薛珍一愣说："什么事？"谭薛珍与张松虽然是合伙人，但
在实际合作中，张松比较强势，是工厂的实际控制人，平时都是
一副高高在上的样子，怎么今天说话就吞吞吐吐起来了？谭薛珍

觉得很奇怪。

"是这样的，我们工厂成立也快七八年了，跟我们同期办的厂，都发展得很好，而我们总是不温不火，壮大不起来，你有没有什么办法？"张松喝了一口茶，接着用不容置疑的口吻说："我想让你来替换你老公的位置，可以吗？"

谭薛珍再次愣住了。这是一个毫无任何征兆的决定，她没有任何思想准备。而且，这一决定涉及了她的家庭：轻则丈夫不开心，重则夫妻反目，就算丈夫开明，夫妻关系融洽，但别人又会怎么看？又会有怎么样的议论？

作为一个女人，谭薛珍能答应吗？

从家庭、从夫妻关系考虑，谭薛珍不会答应。

从事业、从工厂发展及几百名工人考虑，谭薛珍必须答应。

这些，她的合伙人张松不曾考虑，也不会去考虑。他所考虑的，是如何让企业快速发展壮大，如何重用谭薛珍这样难得的优秀人才。

毋庸置疑，张松是一位难得的伯乐，善于发掘人才和使用人才。成功发现和启用谭薛珍这匹千里马，不仅使谭薛珍的经营管理天赋得到了充分的发挥，也使他自己的事业和财富达到了前所未有的巅峰。

谭薛珍沉思良久，无从决断，只得说："我没有那能力。"

"你完全有这能力，而且，我完全相信你能让工厂发展壮大起来。"张松非常肯定地说。

此刻，谭薛珍站在了人生的十字路口，面临着最为艰难的选择，或者说是近乎痛苦的选择。因为，不管是向左还是向右，无论是向前还是向后，她都将为之付出巨大的代价，甚至使她今后的整个人生都在痛苦或遗憾中度过。

无论结局如何，谭薛珍都必须做出选择。生活，就是这么残酷。

电影《指环王》中有一句经典台词："我们必须走这条路，当然它困难重重。在这条路上，无论力量与智慧都帮不上我们多少忙。或许弱者也能完成这个任务，只要他像强者一样坚定信心，而这，常常可以推动历史的车轮。小人物创造了历史，因为他们别无选择……"事实上，谭薛珍也别无选择，历史给她的使命，就是去推动历史的车轮，去创造历史。通过反复的思考和激烈的思想斗争，最后，谭薛珍从大局出发，责无旁贷地去选择创造历史。

谭薛珍非常清楚，开弓没有回头箭，"既然选择了远方，便只顾风雨兼程。"正如她自己所说："既然你相信我，那我必须以健康的心态全力以赴。"

见谭薛珍答应了，张松非常开心，并将他对工厂未来的发展计划一一告之谭薛珍。

张松说："我们的订单基本上比较稳定，现在准备创办一个风扇电机厂，这样，无论是对我们的产品质量还是降低成本，都是有益的，所以从现在开始，就由你来筹备创办这个风扇电机厂，没问题吧？"

张松很有战略眼光，希望把企业和产品都做成品牌，但在竞争如此激烈的市场环境中，特别是技术门槛不高的电风扇行业，要想成为一匹黑马，杀出一条血路，又谈何容易？因此，他想另辟蹊径，从风扇的关键部件——电机着手，创办自己的风扇电机厂。

电机是电风扇的核心部件，就像电脑中的CPU。在没有电机厂之前，风扇厂的电机都是从外面采购，产品质量难以得到保障，成本也高企不下。如果拥有自己的电机厂，不仅能使产品质量及成本得到有效控制，还能极大地提高工厂的核心竞争力，一举多得。

但是，创办电机厂这一事关工厂未来发展的重任该交给谁？非谭薛珍莫属！自谭薛珍进入工厂之后，通过这几年对她的观察，张松觉得谭薛珍才是他真正需要的合伙人，是真正的企业管理人才。因此，他把工厂的未来寄希望于她。

"没问题。"谭薛珍连想都不想就答应了。

"啊？"这次轮到张松愣住了，他没想到谭薛珍回答得这么爽快，而且没提任何条件。

最近网上有这样一段很励志的话：诸葛亮从来不问刘备，为什么我们的箭那么少？关羽从来不问刘备，为什么我们的士兵那么少？张飞从来不问刘备，兵临城下我该怎么办？于是，有了草船借箭，有了过五关斩六将，有了喝退百万曹兵……或许，在谭薛珍的思维中，既然老板让你去做一件事，是老板相信你有做好这件事的能力，如果做什么都要去讨价还价，要去谈条件的话，那人家用你干吗？要想成功做好一件事，不是靠别人给你什么，而是你自己能做什么。有困难，自己去克服；有问题，自己去解决。这是谭薛珍的个性使然。

一无人员，二无技术，三无设备，仅有一个愿景，谭薛珍就投入了忘我的工作中。

很快，在"三无"的背景下，"一个人"的电机厂诞生了。

为什么说是一个人的电机厂？因为电机厂从筹备到设备采购，从设备安装到生产调试，再到正式开工生产，全程只有谭薛珍一个人。既是最高领导，又是普通员工；既是技术员，又是搬运工……里里外外一把手，不仅是全力以赴，简直是身心投入，以一当十，身兼数职，超常发挥。

电机的制作工艺及流程相当复杂。谭薛珍一无经验，二无技术，面对诸如绕线、成型、包扎、测试、嵌线（定子、转子）、绝缘浸渍、烘干、试验等电机生产工艺和流程，一头雾水。想从外面聘请技术人员，工厂条件不允许。谭薛珍只好独自一人慢慢摸索，反复尝试。仅半个月时间，她就学会了落线、打线、扎线等工序。

诸多工艺中，绝缘浸渍与烘干最为复杂，也最危险。绝缘浸渍是指电机在制造过程中或制造后以及电机定子绕组或转子绕组在嵌线装配后，按一定的工艺方法浸渍绝缘漆，以提高绝缘的耐热性、耐潮性、耐化学腐蚀性，提高电机绝缘的各种电气性能，降低介质损耗，提高绝缘的力学性能，改善导热性，降低电机温升，延长电机绝缘寿命，延长电机使用寿命。绝缘浸渍是电机制造的关键工序。浸漆的温度、时间以及漆的浓度的不同变化，都会使浸渍效果截然不同。为掌握彼此之间的变化，从而得到最为理想的参数，谭薛珍不仅耗费了无数个日夜，也经历了无数个心惊肉跳的瞬间。

1997 年某日，在绝缘浸渍的过程中，她把油漆放在烤炉里面。由于时间太长，温度太高，油漆着火，烤炉爆炸，连隔壁厂房的玻璃都全部被震碎，后果十分严重。幸好当时是晚上，没有造成人员伤亡。

回想起那次爆炸事故，谭薛珍至今仍心有余悸。

从那以后，谭薛珍每天晚上都要在工厂等到 12 点，直到电机全部烘干断电之后才敢下班回家。尽管加班很晚，第二天早晨 8 点，她都会准时出现在工厂，为新的一天而继续忙碌着。

世上无难事，只怕有心人。谭薛珍的心血和努力没有白费，从零起步，仅三年时间，她不仅积累了宝贵的经验，完善了技术积累、制定了流程规范，同时还引进了技术、管理及生产人员，由"一个人"的电机车间发展成为拥有 100 多名员工的电机工厂，为风扇厂的后续发展及树立品牌打下了坚实的基础。

总算不负使命。看着由自己一手打造的电机工厂，谭薛珍长吁了一口气：工厂稳定了，工作轻松了，紧绷了近三年的弦可以放松了。

然而，谭薛珍能放松吗？

新的征程，在等她去跨越；新的篇章，在等她去翻开……

救火队长

与电机厂形成鲜明对比的是，风扇厂的发展遇到了瓶颈，业绩徘徊不前，而且持续时间较长。

市场竞争如同"逆水行舟，不进则退"，如果工厂始终无法突破瓶颈，最终将被不断变化的市场环境所淘汰。很多民营企业仅用几年的时间就实现了一次飞跃，然而，却要用十年甚至二十年的时间消化由此带来的风险与危机，这就是所谓的瓶颈。张松已经充分意识到这瓶颈问题的严重性，如果再不突破，后果将不堪设想。但如何突破瓶颈，他一筹莫展，苦无良策。

电机厂发展壮大之后，他又从谭薛珍身上看到了希望，希望谭薛珍来风扇厂充当"救火队长"，带领风扇厂突破瓶颈，再续辉煌。

只要是工厂发展需要，谭薛珍就义无反顾。天诚电风扇厂之前由张松妻子负责管理，年产风扇 20 多万台。现谭薛珍和张松妻子对调，谭薛珍接管风扇厂，张松妻子接管电机厂。有人看不过去了，对谭薛珍说："谭姐，你刚辛辛苦苦把电机厂搞起来，现在轻松了，却又要离开，何苦呢？"

谭薛珍笑道："我天生就是一个苦命的人，而且，这也是对我的考验，如果能把一个烂摊子搞起来，并且搞好了，那也证明我有能力啊!"

在天诚电风扇厂,张松是伯乐,谭薛珍是千里马,张松更多地扮演着战略家的角色,谭薛珍更多地扮演着实战家的角色。

电机厂,几乎是谭薛珍一个人靠忘我工作发展起来的。但风扇厂不同,她深知凭一己之力,肯定力所不及,必须集众智,集众力,方可形成伟力。

子曰:"工欲善其事,必先利其器。居是邦也,事其大夫之贤者,友其士之仁者。"谭薛珍赴天诚电风扇厂上任的第一件事,就是推进管理变革,在科学管理的基础上,实行人性化管理、现代化管理。

原天诚电风扇厂员工(现凌飞电器客服经理)全丽萍还记得当时的情形,她说:"谭总很有前瞻性的眼光,是一个敢想、敢干、敢探索、有魄力的女企业家,胆量超乎常人。我们之前属于私企,那时候大部分工厂都没有电脑,财务管理也是原始的手工记账。谭总一接管风扇厂,就马上购买一批电脑,请专家编制财务管理系统,并请电脑老师来工厂培训员工。这在当时的私营企业是很少有的,因为需要一笔很大的开支,但谭总力排众议,毅然决然。"

科学而有效的管理,必然会产生立竿见影的效益。谭薛珍负责风扇厂的第一年,产量在原有的基础上翻了一番,年产40万台风扇;第二年,年产60万台;第三年,达几百万台。产量以几何级的速度增长,工厂也迅速呈几何级扩张。原有风扇厂的规模已经远远满足不了生产的需要,于是,第二个风扇厂应运而生。

谭薛珍这位"救火队长"带领风扇厂迈进了全盛时期。

拓荒牛

　　在古老的非洲大草原上，新一轮太阳正冉冉升起。当金色的曙光照在一只狮子身上时，狮子醒来了，它抖了抖身上的毛，望着太阳对自己说："今天我要不停地跑，追上跑得最慢的羚羊，把它吃掉。"而在同一时间，一只羚羊也醒来了，它望着升起的太阳对自己说："今天我要不停地跑，成为跑得最快的羚羊，只有这样才不会落在后面，被狮子吃掉。"于是，在大草原上，狮子在不停地向前跑，羚羊也在不停地向前跑……

　　多么奇妙的事情，强如狮子之强，弱似羚羊之弱，差别不可谓不大，然而，在物竞天择的广阔天地里，两者所面临的源自求生欲望的压力都是同等的。

　　可见，在动物世界里，动物的对手说到底也就是它自己，它要逃避死亡的追逐，首先就要战胜自己，它必须越跑越快。因为稍一松懈，便会成为天敌的战利品，绝无再赛的机会。

　　就这么简单的一个故事告诉我们这样一个道理，谁努力拼搏到最后，谁就是赢家，只是谁都不知道自己是狮子还是羚羊。现实太残酷，竞争太激烈，不是在痛苦中觉醒，就是在安逸中丧生。你没有第三条路可走。

　　动物世界如此，人又何尝不是如此？不管你是总裁还是小职员，为了保住自己的职位，不是都要尽心尽责、全力以赴吗？要知道，总有人盯着你的职位，总裁的高位自然热门，不必多说，小职员也不例外，因为公司门外总有不少新人等着进来。这样看来，大家的选择都一样，要么做得更好，要么被淘汰。

　　在谭薛珍的合伙人眼里，谭薛珍就是那只不断奔跑的羚羊，看似一个柔弱女子，实则内心坚强，非常能干，做事认真，无论什么事情，都会做得很完美。他能遇上这样的合伙人，乃他人生之幸。

　　谭薛珍之所以能够大展才华，既是自我努力的结果，也说明张松有眼光，一个弱女子将一个年产20万台风扇的小工厂一下子发展成为四个年产600多万台风扇的大中型企业，不能不说是一个商业奇迹。

　　著名作家冰心曾说："成功的花，人们只惊羡她现时的明艳！然而当初她的芽儿，浸透了奋斗的泪泉，洒遍了牺牲的血雨。"

　　那时候的谭薛珍，在工作上用"拼命"一词来形容，毫不为过。"在生产旺季，风扇厂每天晚上都要出好几个货柜的电风扇，那些装卸工人特别辛苦，每天晚上都要加班到凌晨两三点钟。然而，不管他们加班到多晚，身为厂长的谭总都会'压阵'，为他们端茶递水，检查货物是否安全稳固。货装完了，装卸工人下班了，谭总还要留下来打扫'战场'，做最后的检查。因此，谭总每天都是最后一个下班离开工厂的。但每天无论加班多晚，哪怕是通宵，第二天早晨8点，谭总都会准时赶到工厂上班。在我的印象中，谭总从来没有迟到过。"原天诚电风扇厂一位高管这样对笔者说。

"电风扇生产旺季，大家都很辛苦，如果我不'压阵'的话，当天的货柜就有可能装不完，不能按时交货，从而影响工厂信誉，还会使工作量累积，形成恶性循环，对整个生产造成严重影响。"谭薛珍回应道。

谭薛珍身边的人都说："谭姐虽然是工厂的大股东之一，但她从不以股东身份自居，工厂员工只知她是高管，而不知她还是股东，而且老板对她的要求非常严格，对她的工作时有非议。但谭姐能忍，她总是一声不吭，低头干活，从不顶撞老板。大家都知道，谭姐心里是受了很大委屈的。"

然而，不管承受多大委屈，谭薛珍都没有因此消沉或抵触，反而以更加积极的态度去推进工厂的工作，一如既往地为工厂的发展而殚精竭虑。

有人问谭薛珍："老板对你要求那么严格，你还这么拼命工作，到底是为了什么？"

谭薛珍回答："肯定是我做错了，或者没有做好，没有达到老板的预期，老板才责难我。老板对我要求这么严格，是希望我能做得更好。"

每一次经历都是一种沉淀，是一种积累，不管是批评还是表彰。这是谭薛珍的处世哲学。

自从天诚电风扇厂步入正轨之后，工厂几乎每年都会组织员工出去旅游，谭薛珍从来没有出去旅游过一次，每次都因工作需要而留在工厂，坚守工厂。她在天诚电风扇厂工作了十多年，坚守了十多年，无私奉献了十多年。在这期间，她无怨，亦无悔。

但问耕耘　莫问收获

"那是最美好的时代，那是最糟糕的时代；那是智慧的年头，那是愚昧的年头；那是信仰的时期，那是怀疑的时期；那是光明的季节，那是黑暗的季节；那是希望的春天，那是失望的冬天；我们全都在直奔天堂，我们全都在直奔相反的方向……"

狄更斯在其作品《双城记》开篇的这一段话，是对谭薛珍在天诚电风扇厂工作十多年的生动写照。

在所有能够决定企业命运的因素中，企业家的观念是唯一一个无法用钱来解决的问题。而企业家的观念直接决定着战略的制定。因而，可以这么说，企业家或者说董事长决定企业的命运。而一个企业是否能做大做强，关键取决于企业家的胸襟与作为。无疑，天诚电风扇厂董事长张松是一位有眼光的企业家，创业初期，他也是起早贪黑，为企业的发展而呕心沥血。但企业发展壮大之后，对企业家的思维、眼光以及观念便有了更高的要求。

当天诚由一家风扇厂发展壮大成四家风扇厂，有了一定的资金实力时，谭薛珍提出，天诚电风扇厂要想持续快速稳定发展，必须拥有自己的厂房。

之前，谭薛珍已经实地考察多个地方，通过综合考虑及比较之后，她看中了佛山机场附近的一块土地。那里交通便利，周边工业体系配套完善，发展空间广阔。谭薛珍向张松建议，去那里购买土地扩建厂房。

张松或许是另有安排，并没有采纳谭薛珍的建议。市场竞争愈演愈烈，企业发展如逆水行舟，不进则退，谭薛珍等不起。

机场地段被否决，谭薛珍又去南海狮山考察。狮山地处珠三角广佛经济圈核心地带，是佛山国家高新技术产业开发区的核心园区，形成了汽车及零部件、高端装备制造、有色金属、光电显示、生物医药及医疗器械、智能家电、照明（新光源）、陶瓷洁具等主导产业。置业狮山，可谓天时、地利均沾。而且，那时的土地价格很便宜，仅3000多元钱一亩，且优惠政策较多。谭薛珍很看好狮山，但张松还是不为所动。

好事需要多磨。谭薛珍仍不死心，继续寻觅、实地考察，因为工厂扩张急需厂房建设用地。没多久，谭薛珍得知佛山小塘有100多亩地适合建厂。即前往实地考察，觉得较为理想，并与当地领导取得联系，只待相约张松一起洽谈细节。

或许是不胜其烦，抑或已有打算。张松丢给谭薛珍一句话："你就别再为这事操心了。"

如此煞费苦心，不辞劳苦东奔西跑，到头来，却落得个瞎操心。谭薛珍的心凉了大半截。

时隔不久，张松突然对谭薛珍说，他已在佛山某地购买了200多亩土地，让她跟他一起去看看。

谭薛珍去了，看了，并且看出了问题。

此处虽地处佛山，但距佛山市中心90多公里，区域性跨度大，配套设施不完善，原材料采购相当困难，从企业的长远发展来看，这里不适合办厂。

谭薛珍向张松提出自己的看法，并分析当前存在的利弊，希望能够打消张松这一决定。然张松还是不为所动。

或许，张松不想让谭薛珍参与工厂太多的事情，只希望她将全部精力用于工厂的日常管理。

谭薛珍是事业型的人，虽然经历过极端贫困的日子，但她对金钱看得比较淡，在天诚电风扇厂工作了十多年，从来没有过问过天诚电风扇厂一年能赚多少钱，也从来没有看过工厂的财务报表之类的东西。

事实上，除了分管的具体工作，工厂运营、财务等日常工作，谭薛珍几乎都没有参与，也无从参与。

有一次，一位经理问她有关原材料的成本价格，她竟一问三不知。经理非常奇怪，甚至觉得不可思议："这些你都不知道？"在经理的眼里，谭薛珍作为工厂股东、工厂高管，对原材料的价格，是应该知道的，也是必须知道的，因为这些涉及工厂的成本核算。

但谭薛珍真的不知道。这些原材料成本价格之类的资料，她无从知道，也不想去知道。她想知道也知道的是，每年能生产多少台风扇，能销售多少台风扇，因为这在她的职责范围之内，是她为之努力奋斗的目标。

梁启超曾在写给他儿子的家书中有这么一段话:"我生平最服膺曾文正两句话:'莫问收获,但问耕耘。'将来成就如何,现在想他则甚?着急他则甚……尽自己能力做去,做到哪里是哪里,如此则可以无入而不自得,而于社会亦总有多少贡献。"

谭薛珍是否读过《曾国藩家书》,是否知道梁启超的这封家书,我们不得而知,但她在风扇厂的十多年中,把"莫问收获,但问耕耘""尽自己能力做去,做到哪里是哪里"演绎得淋漓尽致。倘若曾文正公与梁启超在世,必将感叹巾帼之伟岸,纵是须眉亦汗颜。

遗憾的是,一些当事人没有感叹,更无汗颜,反而把她的付出当成了理所当然。

不管怎么艰辛,无论多么劳累,谭薛珍无怨无悔。但事关工厂发展大计,合理的建议得不到尊重,谭薛珍有怨有悔,并心存芥蒂。

重操旧业

　　翻开历史长卷，在珠三角民营经济的发展历程中，佛山企业家始终扮演着先锋与主力军的角色。清末年间，佛山人陈启沅、简氏兄弟、薛广森等一批中国近代工业先驱，先后开创了中国第一家民族资本机器缫丝厂、广东第一家机器造纸厂等企业，点亮了近代民族工业的薪火。在改革开放的春风吹拂下，民营企业如雨后春笋般出现在佛山大地，书写了一个又一个传奇故事，催生出了"佛山制造"这块金字招牌。

　　如果没有因"空降兵"引发的震荡，如果能多一丝理解与尊重，那么，天诚电风扇厂进一步发展、扩张，甚至上市，成为佛山又一载入经济史册的巨无霸家电企业集团，并非没有可能。事实上，仅十多年的发展，到2003年，他们的电风扇厂年产值已达2亿元。遗憾的是，电风扇厂的发展，随着谭薛珍的出走戛然而止，在很短时间内，便归于沉寂。

　　离开天诚电风扇厂，谭薛珍觉得自己一下子轻松起来。她又回到了久违的蓝天白云之下，又感受到了大自然的气息。

　　原来，生活可以如此惬意。为了事业，她辜负了生活。现在，卸下了重负，回归了生活，她决定出去旅行。

　　生活可以享受，事业更不可或缺。按计划完成了长达一个月的旅行之后，谭薛珍又开始觉得心里空虚起来。不能无所事事，必须做点什么才行。她是一位事业型的女人。

　　做什么呢？做电风扇？与张松有言在先，虽然现在不是他的合伙人了，而且签署的也是极不公平的条约，本身就不具有法律约束，但能遵守还是尽量遵守吧。况且，从天诚电风扇厂出来之后，她压根就没有想过再出来办工厂。

　　谭薛珍开始不断尝试，做生意，开美容店……一次次的尝试，一次次的失望，一次次的迷茫。这些，都不是她想要的，也不适合她。

　　该干什么？能干什么？"你就是做企业的料，还是开工厂做回老本行吧！"姐妹们对她说。

　　谭薛珍犹豫着。对她比较熟悉的姐妹们看透了她的心思："你们之间的约定根本就没有法律效力，张松完全没有理由限制你，你也完全不必遵守，老天爷让你从那里解脱出来，就是要让你重新开始，要让你在原来的基础上再创辉煌。"

　　"既然如此，那就干吧，别辜负了上天的美意。"谭薛珍心想，"我从天诚电风扇厂出来，既然他们如此轻视我，那就向他们证明自己的能力吧！"

　　理想很丰满，现实却很骨感。办工厂，特别是一个女人办工厂，说起来很简单，办起来并不容易，其间的辛酸与血泪，非亲身经历者，根本无从体味。

"三无厂房"

办厂的第一要务就是筹资金、找厂房、办证照、买设备、招员工、购原材料等。每一个环节，都是一道坎，有的深不可测，有的遥不可及。迈过去了，留下一段或精彩或心酸的故事，然后抖擞精神，迎接下一轮挑战；迈不过去，就此偃旗息鼓，或从头再来。

或许，创业的魅力之一就在于，你可能永远无法预知你将面临的是成功、失败，还是出局。

据初步预算，创办一家新电风扇厂，至少需要数百万元资金。当时谭薛珍的全部家当才220万元，距预算太遥远。

"只要有50%的机会，我就会去干，因为80%的机会还只能是持平，等到有100%的机会了，就等于没有机会了。因为机会是在动态中不断地变化着并慢慢地成熟起来的。如果要等到条件成熟后再行动的话，一切都晚了。但是把握机会必须有一个原则，那就是必须符合国家政策，不能违法违规。顺着国家政策路线去走，这样才会走得很久。"这是谭薛珍的经营哲学。

一代伟人邓小平就曾经说过，要大胆地"摸着石头过河"。因为这条河以前大家谁都没有走过，谁都是第一次走，谁都不知深浅，谁都没有经验，而敌人却又快追上来了，所以，就只得摸着石头过河了。摸着石头过河，当然是有风险的，搞不好的话，没准就像石达开一样全军覆没。但能不能等到河水退下后，或者等到把一切都测量准确后，再走过去呢？显然是不能等的。

摸着石头过河，需要智慧，更需要勇气！谭薛珍所具备的，恰恰就是智慧和勇气。在她身上，有一种敢想敢闯敢冒敢干敢担当的精神。

资金暂时不用担心，手上有220万元，前期启动是没有问题的，不够了，可以再慢慢地想办法解决。

找厂房，则是当务之急。

天下那么大，佛山那么宽，找一个几百平方米的厂房应该很容易。谭薛珍辗转各大工业园、工业区、城乡结合部，去考察，寻找合适的厂房。

结果严重超出其预期，整整找了一个月，她所需要的厂房犹似空中楼阁，不知所踪。期间，只要听到哪里有厂房，她就会满怀希望马不停蹄地赶过去，结果往往带着疲惫失望而回。如此反复，直到心力交瘁。

创业艰难百战多。谭薛珍如此安慰自己。一个月之后，有朋友对她说："在张槎有一块地，现在正在盖厂房，你有没有兴趣过去看看？"

只要有一线希望，谭薛珍都会视之为一片天空。

马上赶到张槎，找到朋友所说的那块地，一看，心凉了半截。

一个很偏僻的地方，一块荒凉的土地，焦黄、霉烂、凌乱、碎坯、乱石、枯草……举目四望，一片狼藉、满目疮痍！

破败的衣服、肮脏的垃圾到处都是，疾风扫过，卷起一阵骚乱。在飞扬的尘土中，它们拍打着冰冷的地面，呜啦啦直响，仿佛在无助地呜咽。仅有的一处生机或是希望，就是荒地中孤零零地矗立着几处建筑框架。

谭薛珍呆呆地站在荒地中，就像是一个没有知觉的木头人。嘴里喃喃自语：怎么会是这样的地方？

这是典型的"三无"之地，无水无电，甚至连一条像样的路都没有，用一句不客气的话来说，就是"鸟不生蛋的地方"。

谭薛珍待了一会儿，指着那个框架问当地负责人："你们这一栋厂房多久能盖好？"

对方回答："一个月左右就可以建好。"

谭薛珍又看了看四周，看了看那个框架，沉思片刻，说："行，我也不管那么多了，能不能给我700平方米？"

"当然可以。"对方求之不得。

"行，那你们快点把厂房建好，我现在就付定金给你们。"

谭薛珍连租金是多少钱1平米都没问，就直接支付了定金。

后来，随着工厂的迅猛发展，规模扩大，700平方米的厂房根本不够用，好在工地第二栋厂房已经建成待租，谭薛珍当即把第二栋厂房又租了下来。随后，如此反复，工地建好一栋，谭薛珍就租用一栋，直到2006年自购土地自建新厂时，谭薛珍在这里租用的厂房面积达1万多平方米。

厂房虽不理想，但终究得到解决。更大的挑战还在后面，如家庭、创办工厂所需的各种证照等。

恪守工匠精神

儿子，妈妈对不起你

好事多磨

感召旧部

不懂合同的老板

命悬一线

行业黑马

勇闯"火海"

凌空漫步

兵不血刃

工匠精神

万宝送"宝"

一言九鼎

非零和博弈

水淹凌飞

理赔风波

儿子，妈妈对不起你

2003 年 11 月 17 日，对谭薛珍来说，又是一个刻骨铭心的日子。这天，她带妹妹一起从佛山开车去中山采购电风扇配件。

待购齐所需材料，天色已晚，肚子也饿了，姐妹俩人此时才想起，除了早晨吃了一点东西，她们到现在基本上滴水未沾、粒米未进，难怪肚子饿了。

"姐，我们吃了晚饭再回去吧？"妹妹问。

"行，我们先去找地方吃饭吧。"谭薛珍刚说完，突然又想起了什么，说："不行，建成学校今天晚上开家长会，我们得赶快赶回去，不然迟到了。"

于是，姐妹俩人尽管肚子饿得咕咕叫，还是立即开车返回。

路，越走越远，越走越陌生。

妹妹问："姐，我们是不是走错路了？"

谭薛珍也觉得不对劲。

走错路了！等她们发现的时候，时间已经过去了一两个小时。中山市到佛山市，本来只有两个多小时的车程。

纠正了方向，应该很快就会回到佛山。姐妹俩都松了一口气。

　　谁知，你越想快，结果越慢；你越不希望出现意外，意外总是意外地出现。

　　车上高速了。到高速公路入口收费站，谭薛珍停车取卡。这时，手机响了。谭薛珍边接电话边启动车辆。

　　那时，高速公路车流较少，相对畅通。姐妹俩很快就到了张槎收费站。

　　谭薛珍停车，准备交卡付费。

　　"卡呢？"

　　"你放在哪里？"

　　"应该就放在扶手箱这里啊，怎么不见了呢？"

　　"是不是掉到座位下面去了？"

　　姐妹俩在座位前后、左右、上下到处寻找，都没有找到。

　　"应该是在收费站入口处接电话的时候不小心把卡掉公路上了。"谭薛珍想了想，如实告诉收费站的收费员。

　　收费员不相信，也不敢相信。这是他们的原则。

　　谭薛珍姐妹俩跟他们解释了半天，他们就是不放行，除非从该高速的起点开始计费交费。

　　无奈，谭薛珍只好按他们的要求补交175元过路费。事实上，她们实际所走的那段高速，过路费才5元钱。

　　很冤枉，只能怪自己，重要的是又耽误了一段时间。

　　带着委屈，继续前行。待赶到儿子何建成所在的张槎中学时，已是晚上10点多钟。参加家长会的家长们，已经牵着自己的孩子，陆陆续续地走出校门。大部分孩子的脸上，洋溢着幸福

2004 年 6 月，谭薛珍在四川

的笑容。

谭薛珍无暇欣赏这一幸福美景，直奔校园。

发现儿子何建成孤零零地一个人站在那里，脸上满是失望之情，刹那间，谭薛珍心如刀割，泪水喷涌而出。她飞奔上前，一把抱住何建成，哽咽着说："儿子，对不起，妈妈对不起你……"此情此景，令人心酸，令人流泪。一位名噪一时的女明星曾说："做人难，做女人更难，做名女人难上加难！"

在常人眼中，女企业家叱咤风云，美丽的鲜花、如潮的掌声、金光闪闪的奖杯，好似风光无限。可是，有几人知道，每一个成功女人的背后，都有个痛彻心扉的故事。她们的成功，一定要比男性付出更多的辛酸、更多的汗水，甚至更多的血泪。因为女性还要承担母亲的角色，而一个母亲对家庭的付出一定是比父亲付出的更多。有的女性为了事业，连家庭都被迫放弃了，这何尝不是更大的牺牲？

此刻的谭薛珍，觉得自己欠了孩子太多太多。在儿女们最需要她出现的时候，她没有出现；在儿女们成长过程中需要她更多陪伴的时候，她在忙于事业。对女人来说，家庭和事业之间的矛盾，难道真的不可调和？

令人欣慰的是，儿女们都很理解母亲的艰辛，知道母亲的不容易。多年后，她的儿子何建成回忆说："在我们的印象中，我妈妈总是很忙，那时候我们还小，她既要管理工厂，还要教我们做人的道理，如教我们做人一定要诚实、守信，说出去的话一定要算数，同时做人一定要有礼貌，看到别人要主动打招呼，哪些话该说、哪些话不该说等。后来她独自出来创业之后，就更忙了，每天都很辛苦，早晨我们起床的时候，她就去了工厂，晚上一般都是在我们睡觉之后她才从工厂回来，我们基本一天到晚都看不到她，作为一个女人，她真的很不容易。"

是的，真的很不容易。

好事多磨

曾经，人们办企业、跑项目、办事情、开证明，都必须到政府相关主管部门申请，待得到相关主管部门审批同意并盖章之后才能生效。这一过程往往需要耗费很长一段时间，以至于"跑断腿、磨破嘴、交了钱、受了罪，跑了十几个部门、盖几十个公章……"的现象层出不穷。这是不少人曾经历过的事情。对此，谭薛珍更有深刻体会。

按国家相关法律法规规定，生产型企业在企业设立登记前必须取得环境保护部门的审批，待取得环保部门同意建设的批复后方可进行公司设立登记。

为了取得环保部门的批复，谭薛珍往返环保部门十余次，每次得到的都是相同的答复：你回去等，有了结果我们就会通知你。

结果一等就等了一个月，环保部门的批复还是杳无音讯。

战场上，时间就是生命；商场上，时间就是效益。

一天，当她再次失望地和妹妹一起走出环保部大门时，犹如刚走完二万五千里长征，她全身瘫软地坐在地上，痛哭起来。

肩负那么重的责任，受尽那么多的委屈，克服那么多的困难，跌跌撞撞地一路走来，每一步都非常艰辛，每一步都是血和泪，好不容易走到工厂开工在即这一步，却做梦也没想到，前面横亘着环保这座难以逾越的大山。她陷入一片迷茫之中，又恍如置身于茫茫大海，连一根救命稻草都难以找到。

这简直就是一个噩梦，把谭薛珍推向了崩溃的边缘。

谭薛珍仰望天空，天空中没有诗情画意的云朵，只有一片死灰。"姐，你要坚持，千万不能放弃啊！"看到姐姐如此痛苦却又无能为力的样子，妹妹担心起来。

能放弃吗？谭薛珍问自己。所谓呼风唤雨的能力，不过是迫不得已。

若有依靠，谁不愿对镜贴花黄？
若有奈何，谁愿一介弱女子，扛起满世风霜？
巾帼刚强，是因为除了刚强别无选择。
身为女子，弱则无以立世……

谭薛珍又想起了吕碧城的这段话。开弓没有回头箭，所有的成功，都是坚持的结果。

无论前路如何艰辛，哪怕布满荆棘，她都将义无反顾地走下去。好事多磨。或许是在谭薛珍锲而不舍的精神感召下，后来她终于取得了环保批复。

下一步，还须为产品领取一张通行证——"3C"认证。

感召旧部

为兑现入世承诺，中国国家监督检验检疫总局和国家认证认可监督管理委员会于 2001 年 12 月 3 日一起对外发布了《强制性产品认证管理规定》，对列入目录的 19 类 132 种产品实行"统一目录、统一标准与评定程序、统一标志和统一收费"的强制性认证管理。将原来的"CCIB"认证和"长城 CCEE"认证统一为"中国强制"认证（英文名称为 China Compulsory Certification，其英文缩写为"CCC"，故又简称"3C"认证）。它是中国政府为保护消费者人身安全和国家安全、加强产品质量管理、依照法律法规实施的一种产品合格评定制度。

2003 年 12 月 20 日，谭薛珍开始申请"3C"认证。

为避免别人知晓而可能出现的意外，谭薛珍在家里偷偷地组装了几台电风扇，送去指定的检测机构进行检验检测。经检测机构检测，谭薛珍送检的电风扇各项指标及性能试验合格，均符合"3C"认证所规定的标准。接下来，认证机构还要指派检测专家、技术员到工厂现场检查，抽样检测。

认证机构检测专家和技术员从广州驱车来到谭薛珍家中，对谭薛珍说："珍姐，我们先去您工厂看看吧。"

专家们见谭薛珍没有回应，不觉看了她一眼，竟然发现有大颗大颗的泪珠从她眼里掉下来。专家们愕然，问："珍姐，您怎么啦？"对谭薛珍来说，有些字眼不愿意被提及，有些话会让其痛苦万分。

不愿意被触及的，很多都是自己心底在意和介怀的。因此，专家们一开口，谭薛珍就感觉她的伤疤被揭开，被戳中了痛点。

譬如仅几百平米的厂房，她历尽千辛万苦找了一个多月，结果还是一块见不得人的"三无"荒地。

专家们提出去看厂房，那样的"厂房"能看吗？

这背后的苦衷，有谁知道？有谁理解？出现这样的局面，她愿意吗？她当然不愿意。她心里很委屈，很难受，也很无奈，唯一可以宣泄的，就只有泪水了。那段时间，谭薛珍几乎天天都在以泪洗面。

专家们得知缘由后，由衷地说："珍姐，我们从事了十多年的认证工作，还从来没有遇到过像您这样在家里办'3C'认证的。"

所有证照全部办齐，开工在即，原材料采购又出现波折。

大部分供应商都是为天诚电风扇厂供应原材料的，他们担心给谭薛珍提供原材料，会受到天诚电风扇厂的"惩罚"。毕竟天诚电风扇厂才是他们的大客户，谭薛珍这边的新厂，究竟能不能办起来，办起来之后能做多久、能做多大，都是一个未知数，因这一个未知数而失去一个大客户的话，未免得不偿失。所以很多供应商都不给谭薛珍供货。

当然也有例外。有些供应商看好谭薛珍的为人，有些则出于感恩，因为谭薛珍在天诚电风扇厂的时候就很尊重供应商。尽管如此，他们也不敢明目张胆，只是偷偷地供货。

偷偷地供货就偷偷地供货吧，只要有就行。

万事俱备，只欠东风。这东风，就是人。凭谭薛珍一己之力，哪怕她有三头六臂七十二般变化，也不可能独自一人把一个工厂办起来。

怎么办？谭薛珍首先想到了她原来的主管石爱玲。

石爱玲自1996年进入天诚电风扇厂后，就一直跟着谭薛珍。在工作中，两人建立了深厚的感情，成为了好姐妹。

在谭薛珍离开天诚电风扇厂的时候，石爱玲就对她说："谭总，你要走的话，我也跟你走。"

当时谭薛珍自己都不知道她离开电风扇厂之后要去哪里、要干什么，故对石爱玲说："不行，你不能跟我走，首先于情于理，我都不能带走这里的每一个人。另外，连我自己都不知道要干什么，为什么就这样肯定要跟我走呢？"

"不行，我一定要跟你走，这里留不住人，你去哪里我就跟你去哪里。"石爱玲语气坚决。

谭薛珍一听，眼圈一下子红了说："行，只要我有好日子过，就一定有你的好日子过。"

谭薛珍和石爱玲一起从天诚电风扇厂出来时，曾在整个行业引起轰动，天诚电风扇厂还贴出公告昭告天下，指责她们俩是天诚电风扇厂的叛徒。

两个女人难圆一台"戏"，还得招人。

远在珠海并正在寻找工作的贾志辉听到了这个消息，马上兴冲冲地按图索骥找来。结果一到工厂，傻眼了：这哪里是工厂？厂房是毛坯房，连厕所都没有，没地方住，没地方吃，既没电，也没水，人在这里怎么活啊？

贾志辉倒吸了一口凉气。来都来了，既来之，则安之，先看看再说吧。贾志辉心想，一个新的企业，开始肯定会辛苦些，但肯定能锻炼人，机会也多。

贾志辉留了下来，后来通过竞选，他成为工厂的一厂之长。这是后话，暂且不提。

继贾志辉之后，全丽萍也自告奋勇而来。全丽萍也是天诚电风扇厂的员工，谭薛珍的旧部。

"出外打工，找到一个好老板，对自己会有很大的帮助。"回忆起当初不顾非议一心跟随谭薛珍，全丽萍颇有一番自豪和自信，"原来谭总对我们非常好，现在是她需要我们的时候，我们都愿意追随她。而且，谭总是一个女人，一个女人都不去帮，那帮谁啊！"

三个女人一台戏，加上贾志辉及另招的一名员工，一共有了五个人。演出，可以开始了。

2004年1月，谭薛珍、石爱玲、贾志辉等五个人的工厂——佛山凌飞电器有限公司正式开业。

不懂合同的老板

如果没有"空降兵"的越俎代庖，如果没有张松的穷追不舍，如果多得一点"分手费"……然而，历史从来没有如果，只有弯弯曲曲的现实。

从某种意义上来说，天诚电风扇厂董事长张松成了佛山凌飞电器有限公司事实上的、史无前例的大功臣。或许连他自己都没有意识到，正是由于他的不珍惜，才造就了今天的佛山凌飞电器。

佛山凌飞电器有限公司的横空出世，让谭薛珍受到了前所未有的压力，天诚电风扇厂的冷嘲热讽不止，流言蜚语不断。"一帮女人能干成什么事？""绝对坚持不了三年，看她们哪一天就会关门大吉"……

一些人在等着看她的笑话，一些人在暗暗地替她担心，一些人相信她一定能成功。

凌飞电器投产两个月后，就迎来了电风扇订货季。全丽萍和几位新招的小姑娘负责销售。眼看旺季来临，客户还是门可罗雀，有些小姑娘耐不住性子，急了，对全丽萍说："萍姐，我们联系了很多客户，他们都说没有时间过来，怎么办？"

全丽萍很清楚，客户所谓的没时间，实际上是不愿意过来，一是因为地方偏僻，大货车来厂装货比较困难，二是因为谭总是女人，他们有点瞧不起女人。

全丽萍也无能为力，只能全力安抚那些小姑娘。

这些客观存在的现实问题，谭薛珍也很清楚，但事分轻重缓急，得一件一件地去解决。

开工在即，当务之急是电力问题。工厂用电需要380伏的电压，跟电力部门申请架设线路，又将是一场持久战，工厂耗不起。幸运的是，在工厂附近的一条小溪旁边有一个抽水泵房，用的是380伏的电压。谭薛珍立即找当地负责人沟通，临时从抽水泵房处架设线路，同时在小溪边搭建两个简易棚房，权当男女厕所用，一举解决两大难题。

至于路，鲁迅先生说路是人走出来的。谭薛珍知道，凭工厂的几个人，永远走不出"康庄大道"。她又找来施工队长，晓之以理，动之以情："您一定要先帮我们弄出一条路来，不然，不要说我们的客户不来，就是你们这个地方也没有人来，没人来，你们这个地方也就发展不起来。"

事关地方经济发展大计，施工队长非常重视。于是，施工方与凌飞电器厂方联手，施工方开路，凌飞电器厂铺沙石。通过一两个月的共同努力，终于开通了一条基本能通货车的大路。

路通了，客户来了。

柔风催醒了初春的睡眠，细雨润泽了万物的生机。南国的春天来得格外早。当北方还是一片冰天雪地的时候，南国已是春意盎然。随处可见的木棉树枝头绽放着大片明艳的红色，像一团团燃烧的火焰。

三月，又是电风扇订货旺季。全国乃至世界各地的电风扇经销商们开始汇聚南国，辗转各电风扇生产厂家，寻找适合自己经销的产品及品牌。

期盼中，凌飞电器迎来了第一位客户——来自南京的黄老板。

在产品竞争异常激烈的年代，客户就是上帝。黄老板带着异常挑剔的眼光，检视了凌飞电器的各种产品，似乎没有找到可挑剔之处，然后坐下来，以行业资深专家的口吻，与谭薛珍大谈市场行情、产品布局、销售定位等。

谭薛珍没有做过销售，完全没有市场经验，对黄老板的夸夸其谈，她完全接不上茬，插不上嘴。

炫够了，说累了，黄老板有点索然无味了。停顿了一会儿，他对谭薛珍说："把你们的合同给我看看吧。"

"合同？什么合同？"谭薛珍猝不及防，脱口而出。她突然想起来，工厂开工两三个月了，竟然连一份销售合同都没有准备。之前请了一位销售经理，他或许觉得在这样的小厂看不到希望，仅干了两个月就卷铺盖走人了。后来又请了一个，他却对小家电业务完全不懂，也就别指望他能弄出什么合同了。

此刻的谭薛珍，犹如在战场上遇到实力异常强大的敌人，她虽想亮剑放手一搏，但手中无剑，何从亮起？

"办工厂竟然连合同都没有，还不知道什么是合同？"这次轮到黄老板惊诧莫名了。

谭薛珍无语。

"哈哈哈……"惊诧之后，黄老板狂笑起来，"真没想到你那么笨，连合同都不懂，我怎么跟你做生意？"黄老板说完，扬长而去。

谭薛珍呆坐在凳子上，就似一尊雕塑，一动也不动。她第一次感觉到如此屈辱，却又恨不起那个黄老板，人家说的一点儿都没有错，没有合同，怎么做生意？

谭薛珍又哭了起来，哭完之后，她在心底暗暗发誓："我一定要学会做销售、做市场。"

苦心人，天不负。第二天，谭薛珍的好朋友罗小姐前来看她。罗小姐是来自四川的电器经销商，专营高端产品，也是天诚电风扇厂的客户。因业务上的往来，加之都是事业心强的女人，彼此有诸多共同语言，两人由此结下了深厚的友谊，成了很好的知己。

见到罗小姐，谭薛珍如同见到了亲人，见到了倾诉的对象，她边哭边说，把自己办厂的前因后果一股脑儿倾诉出来。

罗小姐边听边陪着落泪。女人创业，真的不容易。

同为女人，罗小姐深有体会。得知这位好姐妹昨天的遭遇之后，罗小姐把她和天诚电风扇厂合作的合同拿出来，对谭薛珍说："阿珍，你就拿着这份合同去复印，然后在此基础上作适当修改就可以了。"

谭薛珍迟疑着，用颤抖的双手接过这份昨天让她受尽屈辱的合同，几颗晶莹的泪珠滴落在那白纸黑字上面。

合同内容很短，200 字不到，谭薛珍却觉得字字扎心。

没多久，业务员联系了云南昆明一位客户，邀其前来工厂参观考察。客户到了火车站，打电话给业务员，让工厂派车去接他。

这下可把负责销售的全丽萍急坏了。因为工厂唯一的一辆小车被谭总开出去办事了。

没有车，怎么去接客户？总不能让他自己坐车过来吧，就算他愿意，也没有来这里的公交车。如果不去接的话，客户根本找不到工厂，而且也不会来工厂。因为他会怀疑工厂的实力，怀疑工厂的诚信。

怎么办？最后，全丽萍租了一辆农用小四轮（小型货车），硬着头皮去车站接客户。

用农用车接客户，极有可能是凌飞电器独创。真不知坐在车上的客户会作何感想。

客户订单虽然不大，却是带着现金而来。当时凌飞最缺的就是现金。

谭薛珍以220万元创业，租厂房、办证照、购设备等，已用了150多万元。随着工厂发展的需要，员工越来越多，开支越来越大，眼看就要无米下炊了。

到了工厂，客户似乎忘记了坐农用车的不适，全身心地投入到了工厂的考察之中。参观生产车间，认真了解生产情况，仔细检查并测试产品性能，研究工厂合同。

一切，都无懈可击；一切，都很满意。客户当即签订合同，预付30万元定金。

终于有了第一笔订单，而且预付现金。全厂上下，欢欣鼓舞，信心倍增。

命悬一线

2004 年，于谭薛珍和凌飞电器来说，可谓九死一生。生与死，恩与怨，爱与恨，悲与苦，血与泪，交替上演，成功与失败接踵而至，比任何小说、电影都要来得悲壮和凄美。

凌飞电器自开业之日起，就似一支离弦的箭，飞速向前，直刺苍穹。

每天，运送原材料的货车川流不息，每天，前来应聘的工人排成长龙，有时候，一天要招聘面试 1000 多名员工，最多的时候，一天生产 20000 多台电风扇，发展越来越快，规模越来越大，供应商的支持力度也达到了空前。在凌飞电器厂未支付任何押金和货款的情况下，一位素不相识的电机供应商一次性发来了价值 200 万元的电机。

有了供应商的支持，谭薛珍的动力更足，胆子也越来越大。

2004 年 1 月从零开始，到 4 月中旬，仅两三个月的时间，库存产品达 1500 多万元。

工厂欣欣向荣，车间热火朝天。然而，山雨欲来风满楼。一场致命的暴风雨毫无征兆地悄然降临。

似乎所有的悲剧都发生在雨天，所以人们总会在阴雨天感到失落。

谭薛珍走到窗前。窗外，灰暗的天空细雨霏霏。

这雨似乎迷恋人间的繁华，久久不肯离去，下了快一个月了，还没有丝毫停歇的迹象。

雨啊！你到底要撒欢到何时？

谭薛珍忧心忡忡。电风扇是季节性很强的产品，经销商们的订货旺季一般在每年的三四月。遇到雨季，相应往后延迟，直到天气转晴。如果这雨再这样无休止地持续下去，那凌飞电器的后果将不堪设想，上千万的货款，1000多名员工的工资……一想到这里，谭薛珍不寒而栗。

该来的，总会不期而至。

"谭总，仓库产品积压太多，空间不够了，生产要不要暂停几天？"

"谭总，过几天就要发工资了，但公司账面只有5万元钱了。"

"谭总，有供应商过来催货款了。"

"生产不能停，一停，不但会影响整个工厂员工士气，还会让外界误解公司经营不下去了，引起更多供应商前来追讨货款，甚至会引发群体事件，造成难以估量的后果。"

"工资我再想办法，管理层工资暂缓几天，先发员工工资。"

"供应商的货款，先做他们工作，说明原因，尽量延迟几天支付。"

见老板指挥若定，底气十足，管理层放心了，大家各司其职。

工厂生产照常。其实，谭薛珍的底气，是装出来的。

此刻，她和他们一样，无计可施，如果天气无从好转，她真的不知道明天会怎么样。仅员工工资一项，就需要几十万元，账面上的5万元，显然是杯水车薪。

能怎么办？她是工厂的主心骨，是员工们的精神支柱。如果主心骨软了，精神支柱倒了，那工厂就真如外人所料要倒闭了。

所以，不管内心多么彷徨、多么无奈，都不能在员工面前表现出来。在员工面前，她必须是坚强的、乐观的，哪怕是强颜欢笑。

供应商的追款，谭薛珍非常理解，他们供了那么多货，却没有收到钱，无论是谁，都会担心，都会害怕。万一真如人家所说，她的工厂坚持不下去了，要关门歇业了，那货款岂不是打了水漂？供应商们的钱，也都是辛辛苦苦赚来的。

拖欠供应商们的货款，也非谭薛珍所愿，她是一个视诚信如生命的人，只是天不遂人愿，老天爷跟她开起了玩笑。

玩笑归玩笑，谭薛珍相信老天爷还是会眷顾她的。

谁知，老天爷的玩笑越开越大，并且越来越残酷。

谭薛珍加完班回到家中，已是深夜。经过一天的喧嚣，万物复归寂静，静得可怕。谭薛珍卸下一天的疲倦，准备入睡。突然，一阵刺耳的电话铃声打破了一室的静寂。

猝不及防的午夜铃声，把谭薛珍吓得心惊肉跳，久久不能平复。

谭薛珍胆战心惊地拿起电话。

电话是交警打来的，告知她丈夫出了交通事故，现在在医院。

刹那间，谭薛珍如五雷轰顶，突觉天旋地转，抓着电话的手僵住了。

真是屋漏偏逢连夜雨。老天爷，你为什么要这样待我？叫天，天不应；唤地，地不灵。谭薛珍欲哭无泪，心在滴血。

工厂的事情，已经把她压得只剩一丝丝气息，现在丈夫又出车祸，她那脆弱的心，能否再坚持？

本已身衰力竭的谭薛珍，又多了一重压力，每天无论加班到10点还是11点，乃至凌晨，下班之后，她都要拖着筋疲力竭的身子去医院，照顾丈夫。在丈夫面前，她还得强颜欢笑。

如此整整坚持了两个月，直到丈夫痊愈出院。

有一天晚上，谭薛珍加完班，感觉身心俱疲，连动都不想动。但一想到丈夫还在医院，她只得咬紧牙关，勉强站起来，牵着儿子何建成的手去停车场，准备开车前往医院照顾丈夫。

当走到停车场时，谭薛珍突然感到心悸、胸闷，随后出现痉挛、抽筋，好像有什么东西压着她的心脏，让她喘不过气来。她十分难受，只得瘫坐在地上。

看到母亲突然坐到地上很难受、很痛苦的样子，何建成吓哭了。他赶紧帮母亲捶背，边哭边说："妈妈，你怎么了？"

谭薛珍艰难地挣扎着说："妈妈有点不舒服，先坐一会儿。"

何建成还是哭着说："那妈妈要怎样才会好？要怎么办？"

谭薛珍勉强挤出一丝笑容，说："妈也没办法，妈先躺着休息一下就会好了。"说完，她再也坚持不住，顺势躺了下来。

何建成手足无措，蹲在母亲旁边不停地哭泣。

痉挛、抽筋等症状，是帕金森病的先兆，当时谭薛珍以为自己只不过是劳累过度，便没有引起过多的重视。

一波未平，一波又起。

雨，还在继续。

不能出货，没钱发工资，供应商又天天来追货款，有的供应商已经开始停止供货。谭薛珍被逼到了上天无路、入地无门的地步，每天一个人躲在办公室偷偷地哭泣。

4月23日，谭薛珍又在办公室彷徨无助地流泪。电话铃声响起。应该又是来追货款的供应商打来的。谭薛珍心想。

尽管彷徨无助，谭薛珍还是马上擦干泪水，拿起电话说："您好！""是凌飞电器的谭老板吧？"电话那头是一个女人的声音，说话的口气不是很友好。"是的，请问您有什么事？"谭薛珍虽有不悦，言语却极尽礼貌。

"我是某某律师。"

"律师？"谭薛珍有点错愕，迅速在脑海中搜索，发现自己近期没有预约或者见过律师。这时候律师打电话来，肯定是来者不善。

果不其然，谭薛珍正欲开口相询，律师抢先一步说："他给了你那么多钱，你为什么还要抢他生意？"

谭薛珍一听，感到莫名其妙，问："谁给了我钱？我抢了谁的生意？”

"你就别装了。"律师不理谭薛珍，以盛气凌人的口吻继续说，"你拿了人家那么多钱，就应该安安分分地待在家里享你的清福了。"

谭薛珍明白了，原来是张松找来的律师，是前来警告她的。"你知道什么？你知道他分了多少钱给我吗？"谭薛珍多日的委屈、辛酸、烦恼与痛苦，就似找到了一个发泄的突破口，"我是股东，我占有24%的股份，你是律师，你应该很清楚，你帮我算算，24%的股份应该要分多少钱？150万，你知道吗？我们干了十多年，他只分了150万给我。"

"150万？"律师脱口而出，然后沉默了，久久不发一言，似不可置信。

"不信你去问他，你现在就打电话问他，你不了解情况就别掺和，他生意不好关我什么事？我的货都压在仓库里睡大觉呢。"谭薛珍越说越气。

"原来是这样！"电话那头的声音很小，嚣张气焰荡然无存，"对不起，我真的不知道。"

同为女人，又何苦难为女人？何况，是张松负她在先，真的难为她了。

对方已经挂线了，谭薛珍将话筒慢慢放回电话机上，握话筒的手却没有松开，她一直握着话筒，眼睛出神地盯着电话机，似乎在思考什么。

"咚咚咚！"有人敲门。

敲门声打断了谭薛珍的思考，她重新坐下来，说："请进。"

她妹妹走了进来。妹妹又为了员工发工资的事情来找她。

谭薛珍站起来，离开办公桌，走到窗前，看了看外面灰蒙蒙的天空，又转身看了看妹妹，然后说："你们再坚持一个星期吧，老天爷会帮我们的。"

把赌注押在老天爷身上，只是一种自我安慰。虽然已到山穷水尽的地步，但谭薛珍还是相信"车到山前必有路"，凌飞电器一定会迎来"柳暗花明又一村"的那一天。

行业黑马

2004 年 4 月 25 日，佛山。

旷日持久的风停了、雨住了，久违的太阳遮遮掩掩地露出了笑脸。

凌飞电器厂门前来了一辆大货车，是来拉货的。

谭薛珍那被乌云笼罩多时的脸，也绽放出了笑容。

"谭总真的很神奇，算得准天气。"凌飞电器厂有人说。

"你们老板运气真好，连老天爷都帮她。"外面的人由衷地说。

第一天，收到订货现金 100 多万元。

"马上给员工发工资。"谭薛珍吩咐人事部。

第二天，收到订货现金近 200 万元。

"马上给供应商们打电话，请他们过来结账收款。"谭薛珍吩咐财务联系供应商。

那几天，凌飞电器厂最忙碌的莫过于仓库。等待装货的车辆，天天在厂门口排着长龙。装完了的，欢天喜地而去；待装的，引颈长盼。

受苦受累的是装卸工人，每天都要加班加点到很晚。但不管再苦、再累，他们心里都很开心，觉得自己在凌飞电器厂有希望、有奔头。

那几天，凌飞电器厂最开心的莫过于财务部了。每天有数不完的钱，每天收到的钱多得没地方放。这样的盛况，或许财务部员工穷其一生也只见此一次。

生产车间，流水线上，更是一片忙碌，马力开到十足，出货量调到最高。

由于持续梅雨季节，周边电风扇厂不敢大量生产，导致供不应求。凌飞电器生产的电风扇无论是产品质量还是价格等方面，都具优势，只是他们不懂销售，没有销售经验，他们的产品犹如养在深闺无人识。雨季结束之后，到处找货的供应商们得知凌飞电器有货，蜂拥而来，几天之后，近两千万的库存被抢订一空。凌飞电器的品牌及形象，也随着供应商们口口相传而名扬四海。

一场梅雨，使谭薛珍因祸得福，名利双收。期间，凭75万元流动资金生产出1500万元库存产品，更是堪称商业史上的一大奇迹，至今为人津津乐道。

自强者，天助之。经此一役，凌飞电器在强手如林的电风扇王国站稳了脚跟，亮出了自己的旗帜，为后续的发展奠定了坚实的基础。

2004年9月28日，农历8月15日，是中国的传统节日——中秋节。这是凌飞电器成立以来的第一个盛大节日，为了感谢全体员工对工厂的辛勤付出和倾心奉献，同时为营造浓厚的节日氛围，丰富员工的文化生活，展示员工的精神风貌，谭薛珍早已安排工厂各部门筹备举办一场盛大的中秋晚会。

领导重视，准备时间充足，晚会现场节目繁多。倾情演唱的歌手、热血沸腾的旋律、积极互动的观众，一次又一次把晚会的气氛推向高潮。

精彩的演出和晚会的成功，充分展现了凌飞电器全体员工的团结力量和热血激情，以及良好的精神风貌。

自此之后，一年一度的中秋晚会，成为凌飞电器的常态，且办得一年比一年好，一年比一年精彩。

联欢之夜，晚会现场之外，还有另一场战斗在紧锣密鼓中进行——凌飞电器的仓库，仍是灯火通明。一辆大货车停靠在仓库的装货位置，几名工人正在忙着往货车上装货。

一般情况下，工厂风扇出货只出到六月底七月初。现在快到十月了，怎么还有供应商来装货？

现场监装的全丽萍也十分不解，问那位来自苏州的经销商："你们今年的生意是不是特别好，这个时候还要来进货？"

经销商笑道："今年天气好，气温比往年有提升，所以风扇销量也比较大，本来计划还要来装一两车货，但南京那边开始人工降雨了，所以这是今年的最后一次订货了。"

得天时、地利、人和，2004 年，凌飞电器共生产风扇 193万台，再加上电暖器、排气扇等，合计 200 多万台，销售收入达数千万元，从而成为该行业的一匹黑马。

凌飞电器能够取得这样的成绩，连谭薛珍都始料未及。在她的构想中，第一年能够生存下去，就已经谢天谢地了。结果他们不仅生存下来了，还盈利几百万元，谱写了行业奇迹。

凌飞电器能够取得这样的成绩，那些想看笑话的人开始感叹起来，开始对谭薛珍这位从来没有做过经营、没有做过操盘手的女人刮目相看。

凌飞电器的快速发展壮大，给了那些不希望凌飞好起来的人一个措手不及，想再出手相阻，已经来不及了，只能眼睁睁地看着凌飞电器厂从一颗弱小的种子以超常规速度一夜之间长成参天大树。只是，他们想不通或者想不到的是，这颗参天大树的成长，在很大程度上得益于他们。

因为伟大的成功，往往来自伟大的"敌人"。正如一位作家所述：一个人走完万里长征是困难的，但两个人——哪怕是怀有敌意的两个人，都可以彼此"伴跑"：参考对方的脚印，牢记奋斗的理由，激发前进的热情……如果对方攻击你的弱点，谢天谢地，上天赐予你一个严厉的老师！

"我很感激天诚电风扇厂董事长兼导师平时对我的严厉，我一直觉得他是我的恩人，哪怕现在得了帕金森，也是要感谢他的。当然，还要感激我们凌飞有一群忠诚的伙伴，感激供应商、客户的帮助和支持，才造就了今天的凌飞。"谭薛珍感谢她的竞争对手，把竞争对手当成恩人，当成学习的对象和向前奔跑和促进企业发展的原动力。在她眼里，企业与企业之间虽有竞争，但可以是"双赢"，而不一定是"你死我活"。

事实上，一个地方因竞争而催生多个名牌的例子很多。如德国不大，但它产生了5个世界级的名牌汽车公司。曾有一位记者问奔驰的老总，奔驰车为什么飞速进步、风靡世界？奔驰老总回答说："因为宝马将我们撵得太紧了。"记者转问宝马老总同一个问题，宝马老总回答说："因为奔驰跑得太快了。"德国只有六七千万人，5个汽车公司竞争的结果是，它们不得不把目光从德国移向全世界，结果5家公司都成为世界级名牌。日本也是如此，像丰田、本田、东芝、松下等，都在竞争的同时取得了超常进步，这些都是由于竞争迫使它们共同走出国内、走向世界。

站在办公室墙壁上那张巨大的世界地图前，谭薛珍把目光投向了中东。

勇闯"火海"

电影《死亡诗社》中有一句经典台词:"我步入丛林,因为我希望生活有意义,我希望活得深刻,吸取生命中所有精华,把非生命的一切都击溃。以免当我生命终结,发现自己从没活过。"

一纸合同,让谭薛珍受尽耻辱,也激起了她心底的斗志。

"那时我发誓一定要去学习,要从另一个角度去管理企业。"

2004 年 5 月,谭薛珍在报纸上看到冯两努先生的企业培训广告。通过了解,谭薛珍觉得他的培训课程很适合自己,于是,她拨通了冯两努先生的电话。

一通普通电话,让谭薛珍的思想得到了极大的改变。

冯两努先生不但是著名的商业作家,而且是成功的实业家和创业奇才,历任英、加、美等多家外资财团的金融经纪、融资顾问,并先后在加拿大、新加坡、中国香港三地四次白手创业,每次都获得成功。曾在香港亚洲电视台主持点评《三国启示录》《中国财神秘笈》《雍正王朝》等知名节目。同时,他将上下五千年的谋略精华与现代商战紧密结合,总结出一套独到的经营管理谋略。从商业调查、决断谋略、领导艺术到为人处世、情报资讯、企业兼并,事无巨细,面面俱到。先后应邀为香港汇丰银行、香港浸会大学、澳门企业管理协会、科龙集团、乐百事集团、广西黑五类等多家中外企业培训。

2004年5月25日，谭薛珍报名参加冯两努先生的培训课程。

在初级课程中，冯两努先生不仅教授了她如何应对企业管理与发展中所出现的问题，以及商业谈判技巧等知识，同时还教授了她不应该抱怨，要学会感谢自己的敌人等理念。

不抱怨，感谢敌人。谭薛珍虽然一直在践行，但冯两努的课程赋予了其思想深度和哲学高度。

在冯两努先生的培训课程中，最让谭薛珍刻骨铭心、终生难忘并触及灵魂的，则是走"火海"。

人们常把"刀山火海"比喻为非常危险的地方，而把"敢上刀山，敢下火海"者视为勇士。

在日常生活中，"上刀山、下火海"难得一见。在冯两努先生的培训课程中，谭薛珍不仅直击了惊心动魄的"下火海"的现场表演，而且亲自参与其中，用一双赤足蹚过熊熊燃烧的"火海"。

那是2004年11月，谭薛珍在深圳参加冯两努先生的高级培训课程。有一天上完课之后，冯两努先生对学员们说："今天晚上有一个挑战课程，如果你们愿意接受挑战的话，可以留下来，不愿意接受挑战的，可以早点回去，不要浪费时间和精力。"

挑战课程，是什么课程？挑战什么？出于好奇，学员们谁都不想走，都留了下来。

晚上，学员们来到指定的现场，只见一空旷平地上，有一堆用木炭铺成且被点燃的熊熊火路，长约5米，宽约1米。上空热浪滚滚，稍一接近，就觉热浪灼人。

这是用来干什么的？学员们面面相觑，百思不得其解。

冯两努老师来了。他看了看"火海"，又看了看学员，说："这就是今天的挑战项目。"

"挑战什么？"学员们异口同声地说道。冯两努说："赤脚从这条火路上走过去。"

"没搞错吧，这么高的温度，赤脚从上面走过去，不会烧伤吗？"有的女学员脱口而出。

没想到，传说中的"上刀山、下火海"竟然真真切切地出现在他们面前。

男学员畏畏缩缩。女学员纷纷后退。

冯两努说："如果你们今天能够勇敢地走过这条熊熊燃烧的火路，那就意味着你们能走过今后人生中所有的艰难险阻。"

"真要走？""能走吗？""烧伤了怎么办？"学员们七嘴八舌地讨论起来。

除了火堆尽头有一盆水和一条毛巾外，没有任何的安全防护措施。

冯两努的眼神，充满着肯定和鼓励。

有一个胆大的男学员脱下鞋袜，退后几步，躬着腰，深吸一口气，然后如脱兔般从火堆中央迅猛冲过。

女学员们一个个提心吊胆，告天许愿。第二个学员又冲了过去。第三个……

木炭踩碎了，冯两努让工作人员重新堆起来。

火越烧越旺。空气中，弥漫着一股浓浓的肉被烧焦的味道。

男学员都过去了，该女学员了。

女学员们推推搡搡，谁都不愿意也不敢带这个头。

冯两努老师见状，说："你们要放松，你们现在踩的火炉只会让你们痛在表皮，但你们在日常生活中踩到的火炉却是让你们痛在心里，所以孰轻孰重，你们自己好好想一想。"

谭薛珍想起了自己的过去，想起了自己的家庭，想起了与天诚电风扇厂分道扬镳的过程，想起了工厂库存 1500 万元产品欲哭无泪的感觉。老师说得太对了，表皮的痛，又怎么能与心中的痛相比呢？

于是，谭薛珍什么都不去想了，静静地脱下鞋袜，也不作势，如同平时跑步般，从火堆上跑了过去。

痛！真的很痛！

但这点痛，与心里的痛相比，又是何等的轻微？表皮的烧伤，擦点药膏就可治愈，而心灵的创伤，却无药可治。走过火堆的一瞬间，谭薛珍突然明白了很多人生道理。如果当初早点从天诚电风扇厂出来，就不会留下永远无法抚平的伤口。

这一刻，谭薛珍的人生得到了改变。她深深地体会到了只有学会做人，才会做事这一人生哲理。

凌空漫步

一辆自行车跑出了高铁的速度。用这句话来形容 2004 年的凌飞，再恰当不过。

从零起步，1 年增长几十倍，1 年销售额达 3000 多万元，一跃成为佛山风扇行业的黑马。然而，只有 1 岁的凌飞电器毕竟太幼稚，很难找到正确的方向，还会经常闹出一些事端，如员工打架事件时有发生。

要如何才能管理好一家企业？在企业的发展过程中如何把握正确的方向？如何定位？经受了太多磨难、一路艰辛走过来的谭薛珍，又陷入了迷茫之中。

解决不了问题，说明能力不够。能力不够，就得去学习。富兰克林有句名言："推动你的事业，而不要让你的事业来推动你。"谭薛珍又开始逼迫自己去学习。

2005 年 5 月，谭薛珍报读中山大学 MBA 班。这又是一段难忘的经历。五月的广州，乍暖还寒。谭薛珍报读的中山大学 MBA 班开学典礼在广州黄埔军校举行。

所谓的开学典礼，实际上是一次拓展训练——高空抓杆。

在空地上竖立一根八九米高的铁杆，让参与者顺次爬上铁杆，站在铁杆顶端直径为 20 厘米左右的圆盘上，然后在空中跃起，抓住前方 1.5 米远的单杠。

高空抓杠是较为经典的拓展项目，极具个人挑战性，只有有勇气、有信心、有毅力和智慧兼具的人，才能顺利完成。

又是男同学先上。只是这次不同于"下火海"。

"下火海"是在平地，需要胆量、勇气和速度，相对比较安全。高空抓杠，顾名思义，在高空，在"天上"，除了胆量、勇气和速度，还需要良好的心理素质和身体素质，危险系数更高。部分胆小的男同学，越往上爬，腿越发抖。当爬到顶上时，有些人脸都发白了，战战兢兢地蹲在那直径仅 20 厘米的圆盘上，不敢直起身子。好不容易站了起来，又不敢向前跳出去抓那单杠……

男同学如此，女同学更甚，没有一个敢上。

谭薛珍又是第一个站了出来。一开始，谭薛珍觉得很简单，跟平时爬楼梯并无二致。然而越往上爬，她越心生恐惧，腿越发抖。

当她战战兢兢地坚持爬到顶端的圆盘上面，往下一看，突然胆战心惊起来。除了孤零零的一根约两层楼高的铁杆及一个仅可立足的圆盘支撑着她，周边空荡荡的，无依无靠。

头上已无登天之梯，脚下犹似万丈深渊，前方那个近两米的单杠更是遥不可及。

起风了，谭薛珍不觉打了个寒颤。此刻，她真正体会到了什么叫高处不胜寒。

要是掉下去了怎么办？要是风再大一点怎么办？要是跳过去没有抓住单杠掉下去了怎么办？无数个怎么办在一瞬间冒出。万一……

谭薛珍不敢再往下想了。

这叫什么培训啊，分明就是瞎折腾。她有点恨那个教练了。

不管了，豁出去了。谭薛珍一咬牙关，尝试着慢慢站起来，看了看那近两米远的单杠，定了定神，深吸一口气，然后纵身一跃，宛若凌空漫步，同时向前伸出双手……

抓住了！终于抓住了！空中一小步，人生一大步。原来，表面上似乎做不到的事情，其实并没有你想象中的那么困难，只要突破个人心理障碍，超越自我，勇敢去面对，那所有困难都是"纸老虎"。通过这凌空一跃，谭薛珍挣脱了心灵的枷锁及思想的束缚，明白了每个人都蕴藏着极大的能量和丰富的资源，如果不敢去尝试，就永远不知道自己的能力。只要勇敢地跃出第一步，成功就离你不远了。

百战归来再读书，凌空漫步，"火海"敢闯，巾帼不让须眉，还有什么是谭薛珍做不到或不敢做的？

兵不血刃

2004年5月的一天，一个难得的好天气，谭薛珍半躺在家中阳台的摇椅上，一边享受大自然的馈赠，一边思考公司未来的发展方向。

"滴滴滴……"一阵急促的电话铃声把谭薛珍从思考中拉回现实。

"谭总赶快过来，工厂出事了……"电话那头是厂长的声音，语气急促、紧张。

"出了什么事？"谭薛珍问，但对方已经挂了电话。

能有什么事？这么冒冒失失的。谭薛珍迅速在脑海中将公司近期所经历的人和事回放一遍，没有发现任何会出事的迹象。

本想打电话过去再问问到底是怎么回事，但如此大好天气被辜负，估计也没有什么好心情再在家里待下去了。下了楼，驱车前往工厂。

接近工厂，谭薛珍看到工厂门前黑压压一片，约数百人围聚在一起。人群周围停了六七辆警车。警灯不停地闪烁着，好像在昭示着这里的事态非常严重。

警车旁边，还有两辆防爆警车。

这是怎么回事？谭薛珍的心不由紧张起来。

继续开车前行。近前一看，咦！这些人都不是凌飞电器的员工。

他们聚在这里干吗？这到底是怎么回事？

工厂大门已被围得水泄不通，群情激愤，小车无法进去。

谭薛珍轻按喇叭，没人理睬。或许是噪声盖过了喇叭的声音。谭薛珍再按喇叭，增加了力度。汽车喇叭的声音很清晰，谭薛珍在车内听了都觉得很刺耳。

人群还是静默不动。

谭薛珍气急了，连续将喇叭猛按到底，并让小车缓缓前行。

几名警察前来协助。

在喇叭及警察的协助下，人群开始慢慢让出一条路来。

工厂铁栅门紧闭。待车头抵近，门卫才敢开启铁栅门。

车尾一过，门卫马上关闭铁栅门。谭薛珍进入工厂，走进办公大楼一楼。群龙无首的厂长及主管们都在一楼和几位警察商议对策。

一见谭薛珍来了，他们就像有了主心骨，紧张的气氛一下子荡然无存。

原来在下班的时候，工厂两名分别来自四川和湖北的员工在骑自行车的时候，互相碰撞了一下，双方没有造成任何伤害，但彼此争吵了几句，然后各自离开。

原以为事情就会这样过去，谁知时隔不久，那名四川员工纠集了近两百人，手持刀棍，来工厂找那名湖北员工的麻烦。

2008 年 9 月，谭薛珍在井冈山参观学习

　　湖北员工也不甘示弱，当即叫了几十名老乡前来帮忙。

　　于是，两伙人在工厂内兵刃相见，赤膊上阵，上演全武行。

　　湖北员工方势单力薄，寡不敌众，见势不妙，纷纷作鸟兽散。那名湖北员工也在混乱中离开了工厂。

　　胜利来得太容易了。没有了对手的四川员工意犹未尽，找不到那名湖北员工，就在工厂闹事，还打伤了两名工厂员工。

　　工厂管理层制止不住，马上报警求助，同时向谭薛珍汇报。涉及群体事件，警方十分重视。接报后，马上组织警力，在谭薛珍之前赶来，把闹事的人群赶出了工厂。

　　滋事者还是不愿离去，全都聚集在工厂大门前，还想伺机寻衅滋事。了解了事情的原委，谭薛珍说："我去跟他们谈谈吧！"

"不行！现在很危险，您不能出去。"厂长及高管们说，"他们现在都很激动，您一出面的话，谁知他们会做出什么出格的事来。"

警察也说："这个时候出去确实很危险，谭总，您现在暂时不要出面，我们警方会把事情处理好的。"

谭薛珍说道："事情发生在我的工厂，我不出面谁出面？我总不能这样躲起来吧！"众人极力劝阻，一名高管说："外面为首的那人我听说过，绰号叫老四，是这里的黑帮老大，专门收取保护费的。"

谭薛珍火了："管他黑道白道，我还不相信他们能把我吃了，既然你们都怕我出事，那就给我找把刀来，看他们谁敢动我。"谭薛珍说完，不顾劝阻，在众人的注视下走了出去。

厂长、主管和警察们忙跟上去。谭薛珍走到工厂大门前，喊道："你们谁是负责人？"

"我就是。"一个约 40 岁左右的男人站了出来。

谭薛珍上下打量了他一番，说："你们有什么要求，到办公室去跟我谈，行吗？"

那男人就是老四，人称四哥。他打量着谭薛珍。这次，老四虽打着为老乡出头的旗号而来，实则另有目的。一是有人希望借他之手教训教训谭薛珍；二是老四想趁机扩大势力范围。

老四之前通过打听，得知谭薛珍乃女流之辈，为老乡出头又师出有名，心想这次实现其目的应该是轻而易举之事。此刻跟谭薛珍一照面，只见她满脸正气，一副凛然不可侵犯的样子，他的嚣张之气竟然减了几分，觉得这位老板娘不是他想象中的那么简单。而老板娘要他单枪匹马去办公室谈，她葫芦里卖的到底是什么药？

老四有点懵了，觉得事情有点棘手了。"把铁栅门打开。"谭薛珍对保安说。

保安看了看门外黑压压的人群，又看了看谭薛珍，犹豫着。

"开门！"谭薛珍语气坚定。铁栅门应声徐徐开启。

老四盯着谭薛珍看了几秒，又看了看那大开的铁栅门，迟疑着。谭薛珍往旁边退了一步。老四知道这是请他进去的意思。进还是不进？

天不怕地不怕的老四居然犯起怵来，他扭头看了看身后自己的人，他们都像突然之间变得老实起来，之前工厂的大门关着，他们都想冲进来，现在大门打开了，他们反而不敢上前了，都静静地看着他们的"老大"。

退，作为"老大"，只会颜面尽失，以后无法立足于"江湖"。进，谁知这老板娘摆的是什么阵？

老四犹豫再三、迟疑再三、权衡再三，最终还是硬着头皮，怀着忐忑不安的心情，随谭薛珍、派出所所长一起走进谭薛珍的办公室。

到办公室后，谭薛珍递给老四一瓶水，问："您贵姓？"

老四说："我叫老四，他们叫我四哥。"

谭薛珍问:"四哥是做什么的?"老四说:"我是搞建筑的。"谭薛珍说:"今天是什么事情惊动了四哥,要劳烦四哥出来?"

人在屋檐下,不得不低头。老四自知理亏,拧开矿泉水瓶盖,喝了口水,定了定神,然后说:"没事,没事。"

"四哥是搞建筑的,我这后面还有两亩地,想建员工宿舍,四哥您哪天有时间的话,过来帮我看看,看能不能帮我建起来。"谭薛珍开始转移话题。

在刀口舐血,且能得到众人的拥戴和跟随,说明老四也是一个很聪明的血性汉子。他非常清楚老板娘这样说,是要给他一个很体面的台阶下,心里不觉暗暗佩服。

气氛变得友好起来。彼此聊了近半个小时,老四临走时,从口袋里掏出一张名片,由衷地对谭薛珍说:"谭总,我很佩服您,以后您工厂有什么事情需要我帮忙的,您可以随时找我,哪怕做朋友也行。"

老四走后,派出所所长问谭薛珍:"谭总,您当时为什么不让我把他们抓走?"

谭薛珍说道:"工厂的发展,需要一个稳定与安宁的环境,如果您把他们抓走了,那我这里以后就永无宁日了。黑社会虽然无恶不作,但能成为他们的老大,老四肯定是很讲义气也很讲道理的,否则不可能服众,我跟他们讲道理,讲清了,就什么事也没有了。"

派出所所长说:"我做了这么多年派出所所长,还是第一次遇到像您这样赤手空拳去跟一帮地痞流氓谈判,并且非常成功的。"

老四走出工厂大门，对外面的人说了几句什么，人群一下子全部散开，直至消失。自此之后，再无外人前来凌飞电器滋事。

"上兵伐谋，其次伐交，其次伐兵，其下攻城。攻城之法，为不得已……故善用兵者，屈人之兵而非战也……"

"上兵伐谋，不战而屈人之兵。"谭薛珍得《孙子兵法》之精髓，同时将冯两努老师及中山大学 MBA 课程中的谈判技巧应用于实战之中，有理有据有节，不卑不亢不乱，以四两拨千斤之力，兵不血刃，巧妙地化解了一场 200 多人兵临城下之危，换来了凌飞电器十多年的安宁与稳定。

工匠精神

随着社会经济的快速发展，消费者对产品品质要求越来越高。作为国内小家电行业初创企业的凌飞电器，深知要在国内外竞争激烈的当下站稳脚跟，就必须践行工匠精神，为消费者提供最佳品质的产品。为此，凌飞电器在发展狂潮中不忘初心，在发展速度与产品质量之间，始终坚持质量永远是第一位的理念，走出了一条独具凌飞特色的发展之路。

产品质量对于企业发展的重要性，不言而喻，不注重产品质量，最终寸步难行。

海尔有一个关于质量的经典故事。1985年，海尔从德国引进了世界一流的冰箱生产线。一年后，有用户反映海尔冰箱存在质量问题。海尔公司在给用户换货后，对全厂冰箱进行了检查，发现库存的76台冰箱虽然制冷功能没有问题，但外观有划痕。时任厂长的张瑞敏决定将这些冰箱当众砸毁，并提出"有缺陷的产品就是不合格产品"的观点，在社会上引起极大的震动。

张瑞敏一柄大锤，砸出了全球大型家电第一品牌。

在人类漫长的历史上，总会有许多惊人的巧合，跨越时间的长河，出现在若干年后的某天。

在本书的采访中，凌飞电器的贾志辉厂长给我们讲了两个故事。

其一是 2015 年，凌飞电器引进了一套新的风叶模具，客户见了非常喜欢，希望能够马上进货投入市场。因为小家电类的新产品在市场总是很受欢迎。

对样品通过简单测试，达标，即迅速投入生产、出货。此产品投入市场一个月之后，接到多起投诉，用户在使用过程中，风叶出现爆裂。

对此，谭薛珍非常重视，马上召开会议，分析事故原因。

通过分析，事故原因为模具问题，主要是第一次测试时间不够，没有通过持久测试，为迎合客户需求而仓促上线，导致产品使用时间一长，就出现爆裂现象。

责任在工厂。谭薛珍针对事故原因，提出处理意见：在全厂范围内普及质量教育，开展质量大检查，仅意识到质量的重要性还不够，还要把它做好、做实，把求质量落实到工厂的每一名员工心中，形成牢固的质量意识，永远把质量放在第一位，要像呵护生命一样呵护产品质量；

凡是出现质量问题或客户投诉，必须在第一时间解决。如果责任在工厂，所有损失由工厂承担，无条件赔偿客户所有损失；马上通知所有采购有该问题批次产品的客户一律停止出货，由工厂以最快的速度召回问题产品，更换风叶。客户因此造成的损失，由工厂无条件赔偿。

面对问题，凌飞电器毫不推诿、勇于担当的态度以及快速处理问题的能力，得到了广大客户的高度赞赏。

欲速则不达。一款新产品，因测试时间不到位而严重影响产品质量，凌飞电器为此付出了200多万元的代价，品质永远是第一位的理念由此深入每一位凌飞人的心灵深处。

其二是2015年，凌飞电器接到一张排气扇订单。在订单规定时间内，排气扇全部按质按量完成。可能是客户市场判断失误，需求不旺，在运走少量排气扇之后，就没有再来，多次联系无果，剩下来的大部分产品则长期积压在工厂仓库。

家用电器因其材质和电路等因素，长期放置不使用，容易受空气中的水分、扬尘、蚊虫等影响，导致电路板环境发生改变而失去原有的性能。一年之后，贾志辉通过抽检，发现有个别产品质量得不到保障。为此，贾志辉向谭薛珍建议低价处理，一方面能挽回部分损失，同时清理了库存。一些客户得知此消息，纷纷前来洽谈，希望低价接手这批产品。

谭薛珍把相关人员叫到仓库，问大家该怎么处理这批产品。

大家的意见与贾志辉的建议一致，都说只有个别产品的质量存在问题，不会影响使用，应该低价处理。

谭薛珍对大家说："明知产品存在质量问题，就绝对不能让它流出工厂。在品质问题上，不是100分，就是0分，哪怕只有1%的产品有问题，如果我们把这1%的问题产品卖给了客户，那就是100%的大问题，我们的全部努力就会白费，所以，我们的质量标准完全不能打折扣。"

谭薛珍与前来凌飞电器参观考察的国外客户洽谈

"那我们这些产品怎么处理?"有人问。

"全部拆掉,当废品处理。"谭薛珍回答。大家面面相觑。

谭薛珍的这一决定,实在出乎他们的意料。

有人小声地提醒谭薛珍:"这批排气扇价值 200 多万元,如果低价处理,至少可挽回 100 多万元的损失。"

贾志辉说:"如果全部拆掉,那我们还需要垫付几万元钱的人工费呢。"

谭薛珍笑道:"这批产品的价值我非常清楚,拆掉这批产品需要多少人工费我也很清楚。但是你们想想,如果今天我们让这批带有质量问题的产品流出了工厂,以后我们生产的产品,只要存在缺陷,就都可以低价出厂,这是一个恶性循环。如果有了这样的质量意识，那我们的产品质量怎么能够提高？到时，我们损失的可就不是这一两百万元的小事，而是工厂能否生存的大事了。"

事后，贾志辉对我们说："谭总对这件事情的处理，对我们的触动很大。"

谭薛珍对产品品质的要求，凌飞的供应商——佛山市南海盐步龙涌电器五金塑料厂总经理颜健衡同样感同身受："谭总对产品质量要求很高，她经常对我们说，'制造业不能价格优先，一定要质量优先，要做品牌，做好质量。有时候产品只是多了几道工序，但产品的稳定性就会提高几个百分点。'她还跟我分析说，'以后要生存，就必须质量优先，我们是属于劳动密集型的企业，现在国内人力成本上升，国外如东南亚人力成本比我们国内低很多，如果我们单纯拼价格的话，你肯定拼不过东南亚，所以一定要把质量走在前面，产品贵一两美分，对客户来说影响不大，但如果质量不过关的话，那影响就大了。'谭总不仅经常给我们灌输质量优先的理念，她还是唯一一个说我们产品价格还可以再提高的客户。作为供应商，客户一般都会以各种理由压低我们产品的价格。"

颜健衡意犹未尽地说："谭总是一位很有毅力的女企业家，只要认准了方向，她就会一直往前走。如 2008 年全球金融风暴，整个行业效益急剧下滑，直降谷底，当时看不到希望，我也很迷茫。谭总就对我说：'这是大势所趋，不要怨天尤人，虽然整个行业都在走下坡路，但一样有上升的路可走，关键是你怎么去走……'在关键时刻，谭总给了我信心，后来在谭总的灌输下，我们严把质量关，提高了产品质量，主动来找我们的客户也逐渐多了起来。"

2016 年 3 月 5 日，李克强总理作政府工作报告时提出："鼓励企业开展个性化定制、柔性化生产，培育精益求精的工匠精神，增品种、提品质、创品牌。""工匠精神"首次出现在政府工作报告中。

"工匠精神"，是指工匠对自己的产品精雕细琢、精益求精的精神理念，是工匠在生产实践中凝聚形成的务实严谨、专注专一的可贵品质。在企业经营中，"工匠精神"最核心的本质在于，做一件产品，要把品质看成像自己的生命一样重要，对这件产品高度负责。正如李克强总理先后在 2016 年 4 月 26 日和 5 月 11 日主持召开的两次国务院常务会议时所说："生产更多有创意、品质优、受群众欢迎的产品，坚决淘汰不达标产品。""培育和弘扬精益求精的工匠精神，引导企业树立质量为先、信誉至上的经营理念。"

曾几何时，中国老百姓日常生活有许多工匠，木匠、铜匠、铁匠、石匠、篾匠等，各类手工匠人用他们精湛的技艺为传统生活景象定下底色。随着农耕时代结束，社会进入后工业时代，一些与现代生活不相适应的老手艺、老工匠逐渐淡出日常生活，但工匠精神永不过时。

谭薛珍所谓的质量优先，实际上就是中国制造业所亟须的"工匠精神"。中国从制造大国迈向制造强国，需要的就是质量优先，需要大力弘扬"精益求精、执着专注、敬业守信、传承创新、担当奉献"的"工匠精神"。

正因为对产品质量一丝不苟、精益求精的"工匠精神"，多年前，张瑞敏砸出了一个海尔，将海尔砸进了中国 500 强；20 年后，谭薛珍拆出了一个凌飞，拆来了万宝的青睐。

万宝送"宝"

《孙子兵法》云:"兵者,诡道也。故能而示之不能,用而示之不用,近而示之远,远而示之近。""实者虚之,虚者实之。"战场如此,商战亦然。

2006 年,对民营企业发展有着深刻体会的万通集团董事长冯仑以极具前瞻性的眼光和洞察力撰写了一篇《跨越历史的河流》的文章。他在文中说:"民营资本从来都是国有资本的附属或补充,因此,最好的自保之道是要么远离国有资本的垄断领域,偏安一隅,做点小买卖,积极行善,修路架桥;要么与国有资本合作或合资,形成混合经济的格局,以自身的专业能力与严格管理在为国有资本保值增值的同时,使民营资本获得社会主流价值观的认可,创造一个相对安全的发展环境。今后,随着和谐社会的建立和发展,民营资本将以数量多、规模小、就业广、人数多为特征,其生存空间将被局限在与国有资本绝无冲突或者国有资本主动让出的领域。面对国有资本,民营资本只有始终坚持合作而不竞争、补充而不替代、附属而不僭越的立场,才能进退裕如,持续发展。"

与国有企业合作或合资,对许多民营企业来说,遥不可及。

或因基础太薄、实力太弱、管理太乱、技术太差等诸多因素而被国有资本拒之门外。

或许，凌飞是幸运的。

2006年3月，凌飞电器的一位纸箱供应商对谭薛珍说："谭总，你们做不做贴牌？"谭薛珍说："这要看贴的是什么牌，如果是实力雄厚的国内外知名品牌，可以考虑。"

供应商说："是万宝，前几天万宝有位领导向我打听过哪些企业做风扇做得比较好，我向他们推荐了凌飞。"

广州万宝集团是中国家电行业中最早、最具规模的家电制冷设备和产品研发制造的大型现代化国有企业，先后建有国家级企业技术中心和广东省工程技术研究开发中心及博士后科研工作站。在家电、制冷领域积累了丰富的生产经验，产品包括冰箱、冷柜、空调（家用、商用、中央）、太阳能及热泵热水器（家用、商用）、家用小电器、压缩机及配套产品等，形成了中国最完整的制冷设备产业链及家电系列产品集群，具有产品系列化以及在规模和技术上的强大优势。

2005年，万宝名列中国企业500强第242位及中国制造业企业500强第121位。2006年，万宝品牌被中国机电商会评为"推荐出口品牌"。

"好啊！"一听是与万宝合作，谭薛珍想也没想，很爽快地答应了。

万宝是国企，"万宝"又是驰名商标，是广东省的品牌，与它们合作，不仅能够提升企业的知名度和影响力，同时还能借鉴大型企业集团的管理经验，学习它们的技术，从而促进自身企业的提升，这是许多中小民营企业可遇而不可求的大好事。现在它们竟主动找上门来，对于凌飞这样的初创企业，岂有不答应之理？

供应商说："那行，过几天我带他们过来看看。"

几天后，供应商约万宝集团两位高管前往凌飞电器考察。

车上，万宝集团两位高管与供应商有说有笑。从他们的神情举止可以看出，他们对凌飞电器充满了期待。

"到了，前面就是凌飞。"供应商在车上指着前方的厂房对万宝两位高管说。

"是这里啊？"一高管皱了皱眉，脸上的笑容消失了。彼此间不再说话，只剩下汽车引擎微弱的轰鸣声。

汽车徐徐驶入工厂，谭薛珍等人已在楼下迎接。下车，彼此介绍，寒暄过后，供应商小心翼翼地对万宝两位高管说："我们是先到谭总的办公室坐坐还是先去车间看看？"

"先去车间看看吧。"一高管勉强挤出了几个字。

谭薛珍带他们依次参观各车间。在参观过程中，两位高管自始至终未发一言。谭薛珍心里非常清楚，他们瞧不起凌飞。

为打破这难堪的局面，供应商介绍凌飞，说："凌飞电器的环境条件虽然有点差，但他们的发展速度非常快，从成立至今才两年时间，就已经达到了年产两三百万台风扇的规模，而且产品质量在业内很有口碑。"

万宝集团两位高管还是默默地听着，不发一言。

谭薛珍带客户参观工厂

谭薛珍见状，想了想，说："我们刚买了一块地，准备自己建厂房。"万宝集团高管听了，重新打量了一下谭薛珍，轻咳两声，略带疑惑地问："是吗？"

谭薛珍用不容置疑的口吻回答："是的，如果顺利的话，明年就可以搬到新厂去了。"

万宝集团高管说："那好，我们去办公室谈谈具体的细节吧。"

冰消雪释，雨过天晴。在洽谈具体细节的过程中，谭薛珍脑海中始终在回放刚才所说的那句话。那是一个弥天大谎，嘴上说已经买了地，可地在哪里？她是一个视诚信为生命的人。此刻，她就像一个做了错事的孩子，忐忑不安地等待大人们的惩罚。

事实上，谭薛珍所认为的弥天大谎，从商业谈判角度来说，再正常不过。

兵不厌诈，商场本身就如战场。《孙子兵法》云："凡战者，以正合，以奇胜。故善出奇者，无穷如天地，不竭如江海。"

以正兵当敌，不战，即以奇兵取胜。善于出奇制胜的人，其战术变化，就像天地万物那样无穷无尽，像江河之水那样通流不竭。谭薛珍此举，何尝不是暗合《孙子兵法》之意！

细节谈妥，准备签署合同。凌飞电器傍上大树了。树大也招风。

谭薛珍还没来得及高兴，就被泼了一盆冷水。仔细审读合同条款时发现，万宝集团给他们贴牌的 LOGO 是由"wanbao"或"WANBAO"组成的拼音字母，而不是"万宝"这样人们耳熟能详的中文名。拼音字母的 LOGO 在国内市场认可度肯定会大打折扣，难免会让人产生错觉，好像不那么名正言顺。

原来，"万宝"文字＋图形商标已被顺德某公司注册，广州万宝集团注册的是"wanbao"和"WANBAO"拼音商标。

既然万宝集团都无法解决，她又岂能强求？他们毕竟是大国企、大品牌，自己连厂房都没有，又牛什么牛？现在他们已经纡尊降贵了，自己还有什么好说的？更重要的是，谭薛珍在

2005 年就谋求公司转型，从做低价位产品转型为做中高档产品，但在具体操作过程中，阻力非常之大，既有来自公司内部的阻力，也有来自经销商与供应商方面的阻力，如果引入外部资源促进内部改革，或许能达到转型的目的。

谭薛珍深知，像万宝这样的大型知名品牌企业，能够在国内外市场占有一席之地，必定有其过人之处，与他们合作最显著的一个优点就是，可以学习他们的先进技术和管理经验，从而缩短自己企业在生产、管理等领域的探索时间，在短时间内完成飞跃。因为万宝集团为了保证产品的质量，必定会将其生产与管理技术传授给贴牌企业，而且这种能力的获得不需要大量资金的投入。相对行业更为严格的标准，也将迫使企业本身素质的提高。事实上，创立品牌，并使之壮大，从来不是坐享其成的事情，而是一个痛苦的过程。完成这场蜕变，既要苦练内功，又要借力好风。

2006 年 4 月 30 日，谭薛珍在与万宝集团合作的合同上签下了自己的名字。

当年，凌飞电器生产万宝贴牌产品一项，亏损 40 多万元。

一言九鼎

"得黄金百两，不如得季布一诺（得到一百两黄金，也不如得到季布的一个承诺）。"这是一诺千金的典故，也是谭薛珍为人处世的原则。凌飞电器能在一两年内迅速崛起，无不得益于她的诚信。

有供应商说："跟谭总做生意，从来不用担心货款问题。"

有经销商说："只要是她（谭薛珍）说过的话，她一定会兑现，从不失言。"

与万宝集团签订合同之后，谭薛珍即履行承诺，发动一切可以发动的资源，到处寻找土地，准备自建厂房。

通过多方寻找，实地考察之后，凌飞在南海区小塘新境奇石开发区（现在厂址）购买了 50 亩使用权为 30 年的土地。

自建厂房，对一家创立仅两年的企业来说，并不是一件容易的事。那时，凌飞电器的可用资金才 350 万元。

好钢用在刀刃上，这钱要怎么花？350 万元想建标准厂房是不现实的，这一点谭薛珍非常清楚。标准厂房盖不了，那就先盖瓦房。

根据新工厂的需要及经费预算，谭薛珍计划建五栋厂房和两栋办公楼。瓦房建设每平方米约 120 元左右，总造价约 380 万元。

全部家当都用于新建厂房，那工厂流动资金如何解决？造势！何谓势？《孙子兵法》曰："激水之疾，至于漂石者，势也。"湍急的流水，飞快地奔流，以致能冲走巨石，这就是势的力量。

谭薛珍召集各部门负责人，指派任务：一、加大公司宣传力度，向外界传递凌飞电器准备自建新厂的消息，提升公司美誉度、可信度和知名度；二、邀请客户前往工地实地参观，让他们第一时间见证和参与凌飞电器的发展；三、在完成以上两项工作的同时，要求客户预付货款，确保流动资金满足生产需求。

会后，凌飞电器自购土地自建厂房消息在业内迅速传播。

新建厂房，意味着凌飞电器发展到了一个新的阶段，具有里程碑式的意义，将给凌飞电器的办公环境、生产生活环境带来质的飞跃与提升，不仅能大大增强员工、供应商及经销商对公司未来发展的信心，还能有效提高公司的竞争力。

客户们在实地参观考察工地之后，对凌飞的信心倍增，纷纷预付货款，助力凌飞发展。

"时势造英雄，英雄造时势。"谭薛珍通过造势，缓解了公司流动资金的不足，从而全力投入到新厂房的建设之中。

一切，都在计划中有序推进。谭薛珍的学习，也从未间断。2006 年 11 月 26 日，谭薛珍去日本进行商务考察。期间，在参观学习多家日本知名品牌企业先进经验的同时，谭薛珍发现，这些知名企业有一个共性——都有标准厂房。她在脑海中将标准厂房与她计划并正在建设中的瓦房进行综合比较之后发现，瓦房的唯一优点就是建设成本低廉。标准厂房虽然建设成本较高，但具有通用性、配套性、集约性等诸多特点，能极大地优化资源配置及生产力布局和改善生态环境。要想企业持续健康快速发展，并在同业竞争中取得优势，就必须推进标准厂房建设。

明白了标准厂房对企业发展的重要性，谭薛珍马上给负责新厂建设的妹夫打电话，了解建设进度。当得知还没有搭棚盖瓦时，谭薛珍对妹夫说："马上修改设计图纸，全部按标准厂房重新设计、施工。"

妹夫一听，说："材料都已经准备好了，如果再改成标准厂房，那这些材料不就全部浪费了？"

谭薛珍："材料可以处理，如果现在不按标准厂房建设的话，三、五年之后就会跟不上工厂发展的需求，必然会全部拆掉重建，到那时损失就更大。"

妹夫说："但我们那点预算远远不够啊。"

谭薛珍说："资金预算缺口到时再想办法。"

在谭薛珍的坚持下，新厂全部按标准厂房标准建设。

通过一年多时间的努力，2007 年 8 月，全新的标准厂房全部竣工，合计耗资 1200 多万元，严重超出预算，导致公司负债数百万元。

谭薛珍再次负重前行。

非零和博弈

零和博弈（zero-sum game），又称零和游戏，是博弈论的一个概念，属非合作博弈。指参与博弈的各方，在严格竞争下，一方的收益必然意味着另一方的损失，博弈各方的收益和损失相加总和永远为"零"。

非零和博弈（non-zero-sum game），则是一种合作下的博弈，博弈中各方的收益或损失的总和不是零值，它区别于零和博弈，博弈双方存在"双赢"的可能。凌飞与万宝的合作，就是属于典型的非零和博弈，是双赢的典范。

"万宝集团和凌飞电器从 2006 年开始合作，至今已有 10 年，一直保持非常友好的合作关系，见证了凌飞电器从一个小厂发展成为集制造、贸易于一体的大型企业。"2016 年 10 月 21 日上午，万宝集团董事长周千定在由凌飞电器主办的"犹太·中国第九届互联网+跨境电商联盟千人资本峰会暨纳信跨境电商上线启动仪式"上致辞，他说，"未来，万宝集团将一如既往地支持纳信贸易的发展，全力助推纳信贸易走向国际市场。"

作为万宝集团的贴牌企业，凌飞电器能够得到万宝集团董事长周千定如此之支持，既是对凌飞电器持续快速发展所取得的成就表示充分的肯定，也是对凌飞电器在与万宝集团合作期间为万宝集团所作的贡献给予极大的鼓励。

贴牌，作为商业时代一种"共存双赢"的发展模式，作为一种社会资源的市场整合方式和一种企业的生存方式，有其强大的生命力，有助于社会化的专业分工。不管哪个企业，它的能力、它的资源总是有限的。大企业要扩张，最好的办法就是利用手中的品牌优势去整合其他制造资源，为其生产。这是一条投入最少、收益最大、见效最快的扩张途径，也可以说是最好的一条途径；对生产加工商而言，贴牌既是一种生存方式，也是一种很好的学习方式。一方面可以通过贴牌生产不断提高内部管理水平、提高生产技术水平、提高工人素质来生产更多更好的产品，另一方面，可以学习品牌厂商的市场运作经验和市场管理经验，提高自己的市场开拓能力。从某种意义上来说，贴牌实际上是弱小企业"借船出海"、迅速发展壮大的一条有效途径。最早的时候，TCL、长虹、格兰仕等这样的大型企业集团，都是通过贴牌生产，然后慢慢创立自己的品牌，最终成为行业中的领头羊。

凌飞电器创立之初，为了能迅速切入市场、抢占市场，产品定位为低端低价位。因为初创企业一没资源，二没技术，三没品牌，更无实力，根本无法与市场中的现有品牌去抗衡。所以，在当时这是无奈之选。事实证明，谭薛珍的选择是正确的，正如伟大领袖毛泽东的农村包围城市战略，使之最终取得了全面胜利。凌飞也在短短两年中，后来居上，在小家电行业迅速占有一席之地。随着社会的发展，人们生活水平的提高，以及消费观念的转变，低端低价策略渐渐跟不上时代发展潮流。2005年，谭薛珍通过五天三省两市行的市场考察调研之后，更深刻地认识到，企业要想做大做强，必须从低端低价产品升级为中高端产品。

产品升级是一个系统工程，不仅涉及内部环境的全面变革，也涉及供应商、经销商及消费者之间观念的转变。特别是像凌飞电器这样成立时间才两年的企业，根基不深、实力有限，产品升级更是谈何容易？方方面面的压力，从四面八方袭来，谭薛珍徒有招架之功，却无还手之力，身心俱疲。

自助者，天助之。万宝集团给了机会。

双方在合作协议上签名之后，谭薛珍对万宝集团领导说："既然你们万宝对我们凌飞这么支持，我们肯定不会让集团失望。"

根据协议，凌飞电器生产的部分产品，贴上万宝商标，然后由凌飞电器自行销售。第一年，凌飞电器向万宝集团缴纳60万元商标使用费，此后根据产、销量逐年递增。

由于合同签署时间为4月30日，风扇订货旺季已经过去，加之万宝集团授权的商标是拼音字母，市场认可度不高，市场推广困难重重。所以，凌飞2006年只生产销售了1万台贴有万宝商标的电风扇，当年亏损40多万元。

凌飞管理层有了一些声音，说万宝送的不是"宝"，是祸，不要帮他们做了。

谭薛珍非常清楚："第一年亏损，意料之中，属正常，凡事不能只看眼前，要看长远，要总结经验，吸取教训。

2006年年底，谭薛珍狠抓产品质量和内部管理，同时改变销售策略。刚步入2007年，谭薛珍就对销售部门的人说："既然我们有万宝集团做后盾，今年你们就到广交会上去摆一摆吧！"

广交会即中国进出口商品交易会。由于在广州举办，故简称广交会。始创于1957年春季，每年春秋两季在广州举办，是中国目前历史最长、层次最高、规模最大、商品种类最全、到会客商最多、成交效果最好的综合性国际贸易盛会。广交会是企业展示形象、实力和产品的平台，众多企业因广交会而走向世界，走向成功。正因如此，广交会的展位费高企，让一些小微企业望而却步。

推广万宝，推出凌飞，再高的展位费，谭薛珍也在所不惜。

2007年，万宝贴牌产品销量与万宝商标使用费持平。

2008年，谭薛珍要求销售部继续去广交会"摆摊"。销售部有意见："今年就不去了吧，费用那么高，去了就是亏钱啊！"

"亏钱也要去，做生意哪有一下子就来钱的，你不去经营怎么会有享受？"经营企业就是要享受困难的过程，这是谭薛珍的观点。

自2007年始，凌飞连续三年上广交会摆摊设展。

三年的展会费，是一笔不少的开支。

2008年，凌飞贴牌万宝的产品终有盈利。

谭薛珍兑现了她对万宝集团的承诺。万宝集团董事长周千定给予了凌飞极高的评价。

凌飞贴牌万宝，真正实现了双赢。凌飞因万宝而实现了技术、管理及形象等方面的提升；万宝因凌飞而得到了品牌的扩展与放大，以及利润的增加。

水淹凌飞

2008年，对中国来说，是一个多事之秋，是中国历史上极不平凡的一年。

2008年，万众期盼的第29届奥林匹克运动会在北京举办，这是让世界真正认识并了解中国的窗口，也是中国改革开放30年成果的集中展示和检验。但是，老天似乎并不想让中国人在这一年过得如此顺利。

年初，南方遭遇了百年一遇的大雪灾。大年三十，大雪封路，数以万计欲回家过年的人们在冰天雪地里等待，南方各省农作物受灾，造成了巨大的经济损失。

祸不单行，雪灾造成的创伤还未平复，5月12日，四川汶川特大地震又像一记重拳狠狠地砸在中国大地上，不仅毁坏了四川同胞的家园，还无情地夺去了近7万生灵。这是新中国成立以来破坏性最强、波及范围最广、救灾难度最大的一次特大地震。举举国之力，倾全国所能，抗震救灾。从白山黑水到青藏高原，从戈壁荒漠到东南沿海，从北上广深到贫困山区，全中国甚至全世界的华人都团结起来，有钱的出钱，有力的出力，为汶川祈福助力，13亿人民的心凝聚在一起，向世人彰显了伟大的民族精神，展示了一个摧不垮的民族。

"殷忧启圣，多难兴邦。"第29届奥林匹克运动会在北京如期举办。中华健儿在赛场上摘金夺银，大长国人志气。中华人民共和国国歌声此起彼伏，让人热血沸腾。世界因此认识了中国，了解了中国——中国这头沉睡的雄狮已经觉醒。

热情并未散尽，金融危机又给所有地球人当头一棒。2008年，从美国爆发的金融危机，迅速扩展到全球，美国、日本、欧盟等主要发达经济体全部陷入衰退，发展中国家经济增速减缓，世界经济正面临着最严峻的挑战。

覆巢之下无完卵。全球经济陷入衰退，给中国各行各业带来巨大挑战，危机导致各种财产受损、收入贬值、物价上涨、原材料成本上升、出口萎缩、企业破产、失业率上升等。

2008年，对凌飞来说，更是一个多事之秋，是凌飞发展史上生死攸关的转折点。

2008年5月以来，佛山等地连降大暴雨，禅城区部分地方最高雨量达141.9毫米。瓢泼大雨使佛山不少街道厂房被雨水浸泡，不少地方水深超过1米。

6月，强降雨仍持续，广东境内西江、北江流域部分地区及珠江三角洲连续出现大雨到暴雨的降水过程，给珠三角地区带来50年难得一遇的洪水灾害。珠三角地区众多企业因连续暴雨而损失惨重。

6月3日早上7点，谭薛珍从家里出门，准备开车前往公司。下楼之后她发现，天上乌云翻卷，低低的云层压迫得人们喘不过气来。

大暴雨又要来了。小车在小塘工业大道徐徐行驶。谭薛珍眼睛盯着前方公路，心里想着工厂的工作。

挡风玻璃上有了水珠，雨开始下了。前方视线渐渐模糊，雨刮器开始有节奏地拨动。刹那间，车窗外公路两旁树木狂舞，地面的纸屑、塑料袋被裹挟到半空，如同断线的风筝，在空中飞舞。

天一下子黑了，黑压压的一片，就似整个世界都被笼罩在黑暗之中。不一会儿，豆大的雨点就像坚硬的水晶般砸在挡风玻璃上，砸得玻璃及车顶噼里啪啦直响。

转瞬，暴雨就像溃堤的海水，倾泻而下。

雨刮开到了最大挡，但还是跟不上暴雨的速度。看不清前方的路了。谭薛珍放慢车速，开启灯光，继续前行。

她担心工人，担心工厂。下这么大的雨，工人们在上班途中会不会出事？工厂会不会出事？

赶到工厂，发现一切正常，工人们正在各自岗位按部就班地工作着。谭薛珍舒了一口气，准备回办公室，又隐隐觉得有什么不妥，于是，她改变方向，决定先去各车间看看。先后检查了几个车间，都很正常。

6月份是风扇生产旺季，工人们正在全力以赴。看到这一幕，谭薛珍心里非常感动，工人们把工厂当成了自己的家。

"有水，这里怎么有水？"一个工人叫了起来。

"涨水了！"大家一下子反应过来，慌乱起来。

谭薛珍回过神来，一看，车间地面到处都是水。

"别慌，赶快把物料搬到桌子上面，不要让水浸湿了。"谭薛珍说完，马上走出车间，想去查看水是从哪里进来的。

水从厂门口流了进来。工厂地势低，水往低处流。谭薛珍走出车间时，不觉倒吸了一口凉气，整个工厂到处都是水，并且在迅速上涨。厂门口，几个工人和门卫正在冒着倾盆大雨扛沙袋堵水。

水似乎不是从一处流进来，水位一下子浸没谭薛珍的脚背。她马上返回车间，指挥工人抢搬物料。

暴雨还在继续，车间内的水势就像溃堤的海水，水位迅速蹿升，一下子越过了膝盖。

整个工厂都被水淹了，车间水深超一米多。

从来没有遇到过这样的事情，一些员工被吓坏了。

"别怕，别慌，把东西都搬到桌子上。"谭薛珍声嘶力竭地喊道，既要安抚那些胆小的害怕的员工，又要指挥工人们快速抢救物料，还要从这个车间跑到那个车间，再从那个车间跑到另一个车间，如此反复，竭力坚持。

在各车间主管的配合下，工厂的抢险工作有条不紊地进行着，员工们都在尽自己最大的努力，默默地、紧张地抢救一切可以抢救的工厂财物。

正当大家在不遗余力地抢救财物时，电灯突然一闪一闪的，连续闪了几下，熄灭了，车间顿时陷入一片漆黑。

大水导致工厂内的电线短路了。车间外面，闪电不时划过天空，暴雨仍在肆虐。

不知不觉间，夜幕已经降临。雨渐歇，照明已恢复，车间水位不再上升，但也迟迟不愿退去。

今晚，必定是一个不眠之夜。

从早晨开始，谭薛珍没有离开过车间半步，一直在和员工一起抢救物料。晚上，她还得坚持、坚持……

谁知明天又会怎样？

第二天，水位渐消，抢险工作继续进行。晚上，谭薛珍继续坚持……

清理物料。谭薛珍已经累得站不起来了。大水已过，该抢救的财物已经抢救了，该坏的也已经坏了，剩下的事情，员工可以处理，谭薛珍该休息一会儿了。

员工纷纷劝她回家休息。她能回家休息吗？她放心得下吗？为了这工厂，她呕心沥血，她的生命，已与这工厂融为一体，现在工厂遭此劫难，她又岂能安心去休息？况且，员工们都在这么努力、这么拼命，她又岂能临阵"逃脱"？

"没事，我还能坚持！"谭薛珍那坚毅的脸上，露出了笑容。

脸上在笑，心却在滴血。此刻，她已身心俱疲，很想躺下来，哪怕一分钟也好，但为了工厂的明天，她必须站起来；此刻，她心如刀割，很想痛哭一场，哪怕呐喊几声也好，但为了给员工信心，她必须笑出来。

看到老板如此坚强，员工们放心了，他们的老板是累不垮击不倒的，凌飞是有希望有前途的。

又是紧张的一天。谭薛珍的头开始晕眩，身子和腿开始发抖、发软，好几次因无力站稳而欲倒下。已经连续三天两晚没有休息，痛苦的心情，繁重的工作，超时的劳动，纵是铁打的汉子，也难以承受。

谭薛珍搬来一张凳子坐下，继续与员工们一起工作。

晚上，夜深人静。谭薛珍独自一人坐在车间内，那一堆堆在水中长时间浸泡而报废的零配件似乎在向她诉说着无奈。多年的努力，全部的心血，顷刻间淹没殆尽，荡然无存。她心中有太多的无奈，太多的痛苦，希望能找人诉说，希望有人来抚慰。可是，她能找谁？又有谁来抚慰她？

物质上的损失，或许只能伤及表皮。被亲人误解的痛，则能深入骨髓。

此刻的谭薛珍，孤零零的谭薛珍，惊恐地感觉到，她已被这个世界所抛弃，在她最需要关心、最需要帮助的时候，没有一个人出现在她面前，只剩她独自一人面对大水过后留下的一片狼藉和一堆堆冰冷的零配件，以及车间那恐怖得让人精神崩溃的寂静。

欲哭，无泪。

想叫，无力。

呼天，天不应。

理赔风波

　　洪水终将退去，生活还得继续。

　　被暴雨洗礼过后的小塘新境奇石开发区美丽澄澈，天空出现了彩虹，还有久违的蓝天白云。

　　然而，洪水对这里造成的伤害，还远远没有得到平复，没有人忘得了大水覆城的灾难。特别是那些地势较低的工厂、年久失修的民房，支离破碎，一片狼藉，令人触目惊心！原本繁华热闹的街道瓦片流离。

　　经清理统计，凌飞电器在洪水中的直接经济损失达 310 万元。谭薛珍如实上报保险公司，进入理赔程序。

　　保险公司要求保护好现场，在保险公司没有进行资产损失核算之前，工厂不得出货。

　　现场早已破坏，洪水中，全厂员工尽一切努力抢救财物，尽可能把损失降到最低。因此，保险公司前来核算损失时，由于没有现场，按照他们的惯例和参照其他风扇厂的产品价格，测算出凌飞电器共损失 72 万元，不到实际损失的 1/4。

　　保险公司忽略了一个事实，凌飞电器损毁的产品和原材料都是高端高价位，其生产与进货成本是其他风扇厂同类产品的两至三倍。

尽管有各种票据为证，保险公司皆不采纳，仍然实行通用的价格体系。谭薛珍据理力争。保险公司依然我行我素。交涉无果，无奈接受他们单方面的决定。原指望从保险公司能够挽回部分损失，结果杯水车薪。

6月份是风扇生产旺季，因停产所带来的损失，更是不可估量。

在大水中连续浸泡三天三夜，谭薛珍的身体出现了一些严重的症状，无力也不想再在理赔上浪费时间和精力，只希望保险公司尽快将他们单方面核定的赔偿款拨付到位，让工厂恢复生产。

令人意想不到的是，谭薛珍这点小小的希望，竟成了旷日持久的期盼。保险公司在6月份核算完毕，到10月份赔偿款还没有到位。

期间，谭薛珍让她妹妹多次往返或电话追踪，每次结果都是一样：上面还没有批下来。

2008年的最后一个星期，谭薛珍妹妹再次来到保险公司，对负责凌飞赔偿案的王经理说："2008年马上就要过去，我们凌飞电器的赔偿应该给我们了吧。"王经理说："不行，还没有审批下来。"谭薛珍妹妹气愤地说："已经大半年了，到底要什么时候才能审批下来？"王经理说："我也不知道，再等等吧，应该很快了。"

谭薛珍妹妹悻悻而回。

见妹妹空手而回，谭薛珍火了，对妹妹说："你明天再去，天天去，直到要到钱为止。"

妹妹委屈地说："姐，明天还是你出马吧，我真的拿他们没有办法了。"

谭薛珍当即给那王经理打电话，开门见山地说："你们到底是怎么回事？快过年了，你总得给我们一个交代。"

王经理说："上面没有批下来，我也没办法，还是等过了年再说吧。"

"你们一拖再拖拖了这么久，谁知你们过了年又要拖到什么时候？"谭薛珍挂了电话。

第二天，谭薛珍来到保险公司王经理的办公室。

王经理见谭薛珍亲自找上门来，还是不为所动，说："您来也没用，要等上面审批，现在肯定要等过了年才能办了。"

"没关系，反正已经拖了大半年，过了年也没事。"谭薛珍轻描淡写地回答。

王经理一愣，谭薛珍的语气出乎他的意料。

谭薛珍接着说："我就在这里等你们上头审批，反正快过年了，我们现在也没有钱发工资，如果我不回去的话，说不定我那几百员工都会坐到你这里来，到时会怎么样你看着办吧。"

王经理急了："你这是无理取闹，我警告你不要在这里妨碍我的工作。"

"什么叫妨碍你的工作，我来这里就是找你处理事情的，这就是你的工作。你知道我们办工厂容易吗？每天那么多员工要吃饭，每个月要发工资，工厂生产需要原材料，这些都需要钱，没有钱，工厂怎么运转下去？"谭薛珍越说越气，越说越激动，"我们 300 多万的损失，到你这里就只有 70 几万，而且一拖就是半年，你这是什么工作态度？你这是人说的话吗？"谭薛珍说完，趁王经理没注意的时候，一下子站起来走出王经理办公室，径直上楼。

王经理一见，吓了一跳，以为谭薛珍情绪激动，想不开要去跳楼，赶紧叫人阻拦。

虽然这 72 万元赔偿款对刚从水灾与金融危机双重夹击之下艰难爬起来的谭薛珍来说很重要，但也不至于为了它而去跳楼，她是一位非常坚强的女人。上楼是因为她知道再跟王经理这样耗下去，根本没有任何结果。俗话说："阎王好见，小鬼难缠"。王经理就是俗话中最为典型的"小鬼"。像他这样的人，职位虽小，但处于权力运行的关键位置，虽不拍板，但具体经办；虽不是一把手，但一把手的所有指令都得靠他们执行；虽没有进入决策核心层，但在材料审核等方面绝对是"人微"而"言重"。人们常说"门难进、人难见、脸难看、事难办"，其实这绝大部分便是"小鬼"在作祟。

谭薛珍不想跟这样的"小鬼"继续纠缠下去，她要上楼去找真正能办事的"阎王"。

在楼上，找到了保险公司的财务总监，也是一位女性。谭薛珍把凌飞厂的相关情况全部诉说一遍。

财务总监听了，问："有这样的事？"

谭薛珍说:"是的。"

财务总监的脸色一下子变了,看样子非常愤怒,嘴里蹦出了一句:"真是乱弹琴。"说完,她觉得有点失礼,忙对谭薛珍说:"谭总,对不起,您这事我们处理得不及时,拖久了,下次再也不会出现这样的情况了。这样吧,您先回去,您的赔偿款我保证下午就给您转账过去。"

财务总监没有失言,下午,凌飞公司账号进账72万元。

2008年,在洪水和金融危机的接连重创之下,凌飞电器损失数百万元,加上新建厂房欠款,负债总额达千万元之巨。

比负债更可怕的是,谭薛珍的身体已严重透支,每况愈下。

凌飞电器能生存下来吗?

谭薛珍能坚持下去吗?

生命不能承受之轻

你有帕金森

生命之重

生命之轻

将改革进行到底

让一部分人先富起来

母爱柔情

签下生死状

凤凰涅槃

凌飞红旗能立多久

世界经济重心在中国

拥抱互联网

我有帕金森

你有帕金森

谭薛珍的性格很坚强，身体素质也不错。2003 年 9 月，好几次加班到深夜甚至通宵之后，她开始感觉脖子有点僵硬、有点痛，有时候还会间歇性地抖一下。

"也许是工作太辛苦，累了所至，很正常。"谭薛珍并没有把它当成一回事。

这一症状出现之后，就再也没有消失过，时不时出现在她的日常生活中，且日渐加剧。后来发展到每天都会出现，每天都会感到腰酸背痛。

"难道是腰脊或颈脊出了问题？"症状影响了谭薛珍的工作和生活。

2006 年某天，谭薛珍痛得无法忍受，前往江门某医院诊治。

通过拍片、诊断，"你的病是脑细胞营养不良造成。"医生拿出 CT 片并指着上面一处小点对谭薛珍解释。

谭薛珍看到 CT 片上的那个小点，怀疑道："这是不是肿瘤？"

"不是，只是细胞营养不良造成。"医生再次肯定。

既然医生这么肯定不是肿瘤，那就没什么大碍。谭薛珍放心了，遵医嘱按颈脊病进行服药治疗。

疗效未尽如人意。2007 年，是凌飞电器发展史的转折点，新厂房全面竣工，年底开始搬迁。

新的厂房，新的起点，新的发展，新的希望……

搬厂很累，但累并快乐着。"谭总是不是得了健忘症？"有人跟她开善意的玩笑，因为她在工厂搬迁过程中，总是丢三落四的。

谭薛珍一回想，确实如此，这段时间经常忘记一些事情，而且经常头晕。

有人对她说，颈脊病患者的症状就是这样，会出现头晕。

工厂搬迁是一项系统工程，工作量非常大，事情特别多，时间拖得很长，忘记一些事情也属正常。谭薛珍自我安慰。

年底，谭薛珍请员工吃饭，当她站起来想去给每一桌的员工敬酒，以此感谢他们为公司所做的贡献时，她突然觉得双腿有点不听使唤。她本想大步迈出去，结果走出的只是一小步，而且明显感觉速度很慢。

这是怎么回事？累了吧！热闹的场面，喜庆的氛围，激动的人心，容不得谭薛珍多想。

谭薛珍有每天读报的习惯。通过报纸，可以第一时间了解国家最新政策，了解新经济形势下的业态发展趋势，这样才能及时调整企业的市场策略，更好地对企业进行改革和创新，以应对新经济环境下的各种挑战。

读报多了，久而久之，知识就会积累起来，个人的思想感情就会从狭小的圈子里走进宽广的世界。谭薛珍的一些思想、灵感就是在读报的基础上通过独特的思考而得到的启发。

2008 年年初，天已渐黑，在昏暗的厂区内，谭薛珍办公室的灯光尤为亮眼。办公室内，谭薛珍端坐办公桌前，埋头看报，心无旁骛。

从时事政策到新闻报道再到风土人情，谭薛珍一一细读。最后，一篇关于帕金森病患者的报道映入了她的眼帘。

根据报道中的描述，再回想起自己身体经常出现的一些症状，谭薛珍突然感到脑袋一片空白，莫名地惊愕、恐惧起来。

怎么可能？不会的。谭薛珍的思想在激烈斗争。

谭薛珍（中）与帕友们在一起

她仿佛听到两个声音在扰乱着她的思绪。一个在说:"看你走路这么慢,手腿总是不听使唤,还老是健忘,肯定是有帕金森病。"

另一个声音又突然冒了出来,"帕金森患者一般都是老人,我还这么年轻,才 30 多岁,怎么会有帕金森呢? 肯定不是的。"

无数次的思想斗争,谁对谁错,谭薛珍无从判断。她站起来,慢慢地走到窗边。

不能再拖了。2008 年年底,谭薛珍处理完公司的保险赔偿之后,前往佛山市第一人民医院检查。

医生听完她的病情描述,说:"请把你的手伸出来。"谭薛珍把手慢慢地伸出去。

医生看了,似乎已有定论,但并没有说其他的,只是建议:"您先去拍个片再看看。"拍完片,医生认真研究了片子之后,对谭薛珍说:"你有帕金森!""啊?"尽管之前有怀疑,但仅仅是怀疑。谭薛珍还是不敢相信,"你说什么?"

医生平静而肯定地回答说:"你得了帕金森病,必须做好思想准备,要有长期的心理承受能力。"

"有那么严重吗? 帕金森病人有些什么症状?"谭薛珍还是抱着侥幸的心理,或许只是医生误判。

医生为她描述了帕金森病患者所表现出来的一些症状。

谭薛珍听后,用微弱的语气说:"我不相信,这是不可能的,也许是片子有问题。"

"如果你不相信的话,那就再拍一张片子吧!"医者父母心。

对谭薛珍的失常，医生十分理解，也十分同情。试想，无论帕金森病降临到谁的身上，谁都不好受，它所摧残的，不仅是一个人的身体，更是一个人的精神意志，它一旦出现，就不可能消失，会深深地影响宿主的一生，使之无法正常工作和生活。更为致命的是，在科技飞速发展的今天，面对帕金森，医生们依然束手无策，除了抑制、减缓疼痛之外，目前全球范围内找不到根治的方法。

1817年，英国医师James Parkinson首次报道"麻痹震颤"。1888年，为纪念James Parkinson医生，人们把"麻痹震颤"正式命名为帕金森病，并把James Parkinson的生日即4月11日作为世界帕金森病日。

据医学专家介绍，我国65岁以上老年人帕金森病的发病率为1.7%。据此推算，目前国内帕金森病患者已经达到300万名。随着人口老龄化加剧，帕金森病患者的数量也越来越多。加上由于环境、遗传、年龄及长期精神压力等因素，帕金森病也有年轻化的趋势。

帕金森病已成为继心脑血管疾病、老年痴呆后，威胁中老年人身心健康的第三大"杀手"。

帕金森病的特点是起病缓慢，有些达数十年之久，早期症状并不十分明显，且存在个体差异，主要体现在以下四个方面：

一是静止性震颤。震颤往往是发病最早期的表现，通常会出现单侧手指搓丸样运动，其后会发展为同侧下肢和对侧肢体在静止时出现不自主的有节律颤抖，变换位置或运动时，症状可减轻或停止。震颤会随情绪变化而加剧。

二是肌肉僵直。早期多从单侧肢体开始，患者感觉关节僵硬及肌肉发紧。影响到面肌时，会出现表情呆板的"面具脸"；影响到躯干、四肢及膝关节屈曲的"三曲姿势"。

三是行动迟缓。早期患者上肢的精细动作变慢，如系鞋带、扣纽扣等动作比以前缓慢许多，甚至无法顺利完成。写字也逐渐变得困难，笔迹弯曲，越写越小，称为"小写症"。行走时起步困难，一旦开步，身体前倾，步伐小而越走越快，不能及时停步，即"慌张步态"。行进中，患者上肢的协同摆动减少以至消失；转身困难，以致要用连续数个小碎步才可。

四是合并其他症状。有时患者还会合并出现语言减少和声音低沉单调、吞咽困难、流涎、睡眠障碍、抑郁或痴呆等症状。

早在 2003 年，谭薛珍就多次出现其中一些症状，但因工作、事业而一直被忽略。帕金森病不甘被忽略，继续以它的方式蛰伏，进而吞噬宿主的身体。短短几年时间，谭薛珍那雷厉风行、干脆利落的行事风格，即被它吞噬殆尽，取而代之的是所有生活行为和肢体活动的迟钝、缓慢与不连贯，还有肌肉的僵硬，从大脑发出的讯息，无法顺畅地传达到各肌肉组织，使得各部位肌肉只能长时间处在紧张状态，导致肌张力居高不下，肌肉变得越来越僵硬。讲话的语调也明显变低变弱，语气短促，底气不足，还会时常出现语句含混、瞬间停顿等语言障碍。

在佛山市第一人民医院重新拍片，结果还是一样。

一想到今后帕金森这个恶魔将在她的生活中如影随形，严

谭薛珍在办公室

重影响她的工作与生活，那工厂怎么办？工人怎么办？事业怎么办？想到此，谭薛珍的泪水夺眶而出，痛哭起来。

医生没有说话，任由她痛哭。医生知道，哭也是一种宣泄、一种解脱。

哭够了，谭薛珍平静了，问："有没有什么更好的治疗方法？"医生无奈地说："目前还没有根治的方法，只能做手术。"

"做手术？做什么手术？做手术能起什么作用？"谭薛珍对帕金森病手术毫无概念。

"在脑部做手术，植入起搏器。"医生说，"但手术也不能根治，只能暂时抑制症状。"

"有这么严重？还要在脑部做手术？"一听说要在脑袋上面做手术，还要放一个起搏器到脑袋里面，无论是从观念还是安全上，谭薛珍都有点接受不了。最后，医生建议，采用最保守的疗法，先服用几个疗程的西药，然后再视病情变化进行具体治疗。

2008年，是多灾多难的一年。对谭薛珍来说，更是雪上加霜的一年，一场大水，使工厂损失惨重，元气大伤。伤口还没抚平，金融危机如同秋风扫落叶般席卷而来，市场哀鸿遍野，凌飞再遭劫难。眼看2008年即将过去，谭薛珍寄希望于新的一年，谁知新的一年还没开始，就被确诊为帕金森病，希望变成绝望，往后的日子将更为艰难，而她今后的人生，已注定将与"帕"共舞。

生命中不能承受的，往往在意料之外。

灾难，一次又一次地降临；打击与伤害，一次比一次严重，一次比一次残酷，内心坚强如谭薛珍，又能承受几分？

好在，2008年终将过去……

生命之重

在这颗蔚蓝的星球上，什么是传奇？是使天地变色的霹雳，是令人神往的秘境，是无法磨灭的记忆，是人迹罕至的奇景，是社会变迁的光怪陆离，还是主宰命运的英雄？

被确诊为帕金森病之后，因观念、认知及医疗条件等原因，谭薛珍拒绝做手术，开始按疗程服用医生开具的西药。

或许是药不对症，抑或是帕金森太顽固，服用一段时间后，病情不但没有得到抑制，反而产生了较为严重的副作用。服药之后，谭薛珍的脸部慢慢浮肿，视线开始模糊，有时浮肿得连眼睛都睁不开，说话、吃饭也成问题。

"你的脸怎么会这样？"一天饭后，她家公（丈夫的父亲）似突然发现，惊诧莫名。

新年走亲访友是中国人的传统。谭薛珍也想利用春节这个机会，去一些亲戚家走一走，看一看。一为维系亲情、友情，二为感谢。为了事业，她把全部精力和时间都花在工厂，对亲情、友情未免有所疏忽。春节，就是最好的补偿机会。

这一个小小愿望，在 2009 年春节，难以如愿。

每次去亲戚或朋友家里，他们一看到她，第一句话就是"你怎么啦"或"你的脸怎么成了这样"之类的话。她走在路上，总会引来异样的眼光。每每"对镜贴花黄"，谭薛珍都会被镜中的自己吓得不知所措。

爱美是人之天性。谭薛珍也是爱美之人。每天，无论工作多忙，不管心情好坏，她都要把自己打扮得漂漂亮亮，以一身美丽示人。

一个内心明亮、对自己有要求、对未来有希望的人，绝对不会纵容自己的外表凌乱不堪。把自己打扮漂亮，不是取悦别人，而是尊重别人，尊重自己，是对生活的态度。

因浮肿日益加剧，谭薛珍不敢再外出，每天把自己关在家里，把世界拒之门外，独自一人在精神与肉体的双重折磨中煎熬，在极度痛苦中垂泪。

多日后，谭薛珍再次去找医生。医生说："浮肿是因为脑部缺氧，需要进高压氧舱治疗两个疗程。"

高压氧舱是各种缺氧症的治疗设备。舱体是一个密闭圆筒，通过管道及控制系统把纯氧或净化压缩空气输入，舱内是 1.5—2.5 大气压下的纯氧环境，大型氧舱有 10—20 个座位。对于煤气（一氧化碳）中毒、急性严重缺氧有特效。对颅脑外伤后遗症、中风后遗症、突发性耳聋、骨髓炎、骨头无菌性坏死、皮肤创面不易愈合等治疗有很好的效果。

由于高压氧舱的各种特性，在治疗的过程中，部分患者会产生诸多不适症，如高压造成肺部、耳膜、鼻窦的压力伤害，高浓度氧气可能造成抽搐，以及因治疗后可能使眼睛水晶体变肿而影响视力，但通常在二至四周后会得到改善。

　　谭薛珍一进入高压舱，一股难闻的气味就扑鼻而来，她刹那间有种想呕吐的感觉。舱内已经坐了好几个人，有一氧化碳中毒者，有中风后遗症患者等。卫生条件极差，各种味道充斥其中。

　　在舱内坐了一会儿，谭薛珍开始头晕，她感觉全身血液在往上涌，十分难受。好几次想中止治疗，但医生不许，因为高压氧舱一旦开启，一般情况下是不得随便中止的。

　　一个疗程近两个小时。从高压氧舱出来，就像在地狱中走了一回，然后又被人从地狱中拎了回来，谭薛珍全身瘫软无力，人也变得傻傻的，分辨不清东南西北。

　　尽管如此，身体还是每况愈下，且出现了严重的异动症，手和腿越来越不听使唤。后来吃饭的时候，必须要用一张小凳子把一只脚垫起来，才能稍微减轻一点症状。

　　春节过后，谭薛珍还每天坚持去工厂。因为工厂需要她，几百名员工需要她，而且她是一个事业型的女人。

　　在工厂，因身体原因，她什么都做不了，只能待在办公室。但只要有她在工厂，员工就有信心，有希望。她是工厂的灵魂，是员工的精神支柱。

　　坚持了一个月，这"精神支柱"已无力承重，她身上的肌肉越来越僵硬，动作越来越迟缓、吃力。

　　工厂不能去了。又只能待在家里与世隔绝。时间一长，她又患上了严重的抑郁症，被迫去佛山市第三人民医院检查治疗。

佛山市第三人民医院的前身是佛山地区精神病院，以收治精神病人为主。去那里接受治疗的人，人们都习惯性地称之为精神病人。为此，谭薛珍又要背负起更多的冷嘲热讽，承受更多的非议。

经佛山市第三人民医院检查，谭薛珍被确诊为严重的抑郁症，医生又给她开了很多西药。

那些西药又很难吃，一吃下去，谭薛珍就会吐出来。此后，谭薛珍多次辗转于广州、上海、香港等地医院求医问药，均无明显疗效。痛楚一天天加剧，异动症一天天加重。谭薛珍想做手术，但医生建议，根据目前病情的发展，她暂时不适合做手术，需要三年之后再进行手术。

这时，本处于劫后且还在泥沼中挣扎的工厂，又传来不好的消息：效益严重下滑，部分高管开始出走。

更为严重的是，在她最需要被理解、被帮助的时候，一口巨大而沉重的黑锅，铺天盖地般压向她：自己对工厂被迫的、无奈的人事安排，却被人无端指责，说她霸道，说她心狠手辣，说她心生外向……各种流言蜚语，就似一支支利箭，让她本已千疮百孔的心再添伤痕。

人们常说一个成功男人的背后一定有一个伟大的女人。可是现实中，一个成功女人的背后往往缺少伟大的男人。她们看起来是"春风得意马蹄疾"，可大多是人前风光，人后寂寞；人前欢笑，人后神伤；人前衣香鬓影，人后孤独憔悴。还有人甚至是因为男人的离去而成功。这其中的辛酸甚至痛苦，又有几人知晓？

"如果永恒轮回是最沉重的负担，那么我们的生活，在这一背景下，却可在其整个的灿烂轻盈之中得以展现。"生命之重，非得以如此惨痛为代价？

"再也不能这样过了！""再也不能这样下去了！"

世上没有救世主，一切只能靠自己。自己的命运，必须由自己主宰。

谭薛珍决定主宰自己的命运。

生命之轻

2009 年 7 月某日，傍晚。

历经暴雨洗劫之后的南宁吴圩国际机场，显得格外干净、明亮，灯光照射在湿漉漉的地面上，折射出五彩的光芒。

机场上空，一道强烈的白光穿过厚厚的夜幕，伴随着轰鸣声，由远而近。一架飞机开始慢慢降落。

金属的机身被跑道及周围景观上散发的五彩斑斓的灯光所笼罩，使得光滑的流线型飞机好似夜空中闪亮的星体划出一道道仿佛来自九霄云外的圆形波纹，神奇壮观，美丽迷人。

飞机停稳，舱门徐徐打开，乘客提着行李，缓缓走出舱门。

不一会儿，一位瘦削、清秀的女人，拖着一只硕大的红色拉杆行李箱出现在舱门口。其神态沉稳自信，端庄优雅而不失温柔妖媚，极富成功女性与成熟女人所特有的气质和魅力。

令人疑惑的是，此刻，她脸上的自信变成了迷茫。她似乎并不急于走出舱门，看了看连接舱门的廊桥，又将视线转回机舱，似乎在等待什么，又似乎在畏惧什么。

她就是谭薛珍。

从广州至南宁，仅一个半小时航程，因遇暴雨，飞机中途迫降。

当飞机再次起飞时，已耽误了一个多小时。一个多小时对于一个正常人来说，无所谓。谭薛珍是一个正常的"不正常人"。能够登上飞往南宁的飞机，不仅需要巨大的勇气和毅力，更要承担巨大的风险，承受巨大的痛苦。帕金森这个恶魔已经把她折腾得痛不欲生，生不如死。

平安抵达，理应欣喜，可是，这廊桥尽头连接的是一番什么样的景象？会面临什么样的际遇？独自一人，在一座完全陌生的城市，能否应付得了？此行是否值得？各种思绪，如电光火石般在脑海中交集闪现。

机舱内已空无一人。

空姐小声提醒，她似下定了决心，毅然转过头来，拖着极度疲倦的身躯，拖着行李箱，缓缓走上廊桥，走出机场，拦了一辆出租车。

出租车的车窗上，还残留着被雨水肆意淋过的痕迹。

雨又开始下了。行驶在机场高速上，雨点不停地敲打着车窗，公路两旁华灯绽放，远处的灯火，被雨淋湿后，显得格外清晰，车内的谭薛珍，却像夜色一样深沉，默默无言地欣赏着窗外的夜景。

到达预订宾馆，已是凌晨两点。

谭薛珍继续前行，乘车前往巴马。她此行的目的地，就是巴马。巴马地处桂西北山区的巴马瑶族自治县，这是一个令人神往、神奇而美丽的地方，人称长寿之乡。巴马森林覆盖率高达

57%，再加上巴马地区的大气受紫外线、宇宙射线、放射物质、雷雨、风暴、土壤和空气等因素的影响，产生电离而释放出的电子，很快又和空气中的中性分子结合而形成负氧离子。另外，巴马地区磁场高，是雷击的重场区，最易产生负氧离子。因此，空气中的负氧离子含量很高，每立方厘米高达 2000—5000 个。负氧离子被称为空气中的"维生素"和"长寿素"，能改善肺的换气功能，增加肺活量，止咳、平喘、祛痰；能够改善和调节神经系统和大脑的功能状态，调节抑制兴奋过程，从而镇定安眠、稳定情绪；能够促进人体的生物氧化和新陈代谢，能改善心肌功能等诸多作用。每年前往巴马"吸氧"、旅游者，络绎不绝。

此去巴马，"吸氧"并不是谭薛珍的初衷，当然，她更不是为了旅游。身患重症者，开启一段长途跋涉并不是一件很容易的事。

用"探寻生命之旅"来形容，也许比较恰当。公司陷入困境，身体每况愈下，内忧外患，形势非常严峻。双重夹击之下，如何破茧，成为谭薛珍亟待解决的难题。在多次医治无效之后，谭薛珍决定"离家出走"，觅一清静之地，净化内心的阴霾。

天然"氧吧"巴马，是最佳选择。经过几小时的长途颠簸，忍受几小时的痛苦煎熬，谭薛珍从南宁乘车抵达巴马，然后在山中租了一间公寓，开始她的净心之旅。

每天，或静静地伫立山中某处，迷惘的目光凝视着远方的天幕，久久不语，任凭阵阵吹拂而来的清风揽起根根发丝。这一刻，周围的一切景物，都被定格在这一画面中；或搬一张摇椅，静静坐卧于屋檐下，看片片落叶婆娑，听阵阵松涛吟唱，万千思绪随光影摇曳。有时，干脆闭上眼睛，让心归零，进入空灵之境……

置身"氧吧"之中，探生命之源，究人生之义。每天如此反复，如此轮回。久之，心静如水，心清如镜。

心静了，就能听见自己的心声；心清了，就能照见万物的本性。

原来，一切都是上天最好的安排。企业遭遇困境，是因为走得太快了，难免忽略了沿途风景。

帕金森病缠身，是因为有数百万帕金森患者需要她去帮助。

事业、疾病、婚姻、家庭，是永恒的轮回，是生命中最为沉重的负担。

人生的悲剧可以用沉重来比喻。人常说重担落在我们的肩上。我们背负着这个重担，承受得起或是承受不起。我们与之对抗，不是输就是赢。诚如米兰·昆德拉所说："如果永恒轮回是最沉重的负担，那么我们的生活，在这一背景下，却可在其整个的灿烂轻盈中得以展现。"

在永恒轮回中，生命将承担重负，人生历程将显得突兀，那么，生命建立在轮回不存在之上，就能活得肆无忌惮、灿烂轻盈吗？米兰·昆德拉再次给了我们一个富有哲理性的答案："负担越重，我们生命越贴近大地，它就越真切实在。相反，当负担完全缺失，人就会变得比空气还轻，就会飘起来，就会远离大地和地上的生命。"人也就只是一个半真的存在，其运动也就会变得没有意义。

没有生命之重，也就没有生命之轻。承受不了生命之重，就没有灿烂轻盈的展现。

上天让我得了这病，关上了我的健康之门，但又为我打开了一扇窗，给了我很多东西，如让我遇到这么多贵人、朋友帮助我，遇到那么多好的医生帮我治疗，这不是挺好吗？上天对我不是很公平吗？

谭薛珍的心通彻、透明起来，身心也轻盈起来。在接下来的时间里，谭薛珍全身心地思考企业的未来。

几天后，一套思路清晰、计划详尽的方案在脑海中形成。

有些人，由于厄运把他们"放逐"到了"无人的荒野"，他们反而赢得脱胎换骨的新生。就如司马迁在《报任安书》中所云："盖文王拘而演《周易》，仲尼厄而作《春秋》。屈原放逐，乃赋《离骚》。左丘失明，厥有《国语》。孙子膑脚，《兵法》修列。不韦迁蜀，世传《吕览》。韩非囚秦，《说难》《孤愤》。《诗》三百篇，大抵贤圣发愤之所为作也。"包括司马迁本人，如果他没有受到腐刑之辱，能否写出《史记》那样的鸿篇巨著，大概也是个未知数了。

谭薛珍因厄运而自我"放逐"到巴马，得以静心沉思，进而得到心灵的解脱，未尝不是天赐良机。

巴马之行，于谭薛珍，于凌飞，都是一个极为关键的历史转折点，不仅挽救了凌飞，也挽救了她自己。

一个星期后，谭薛珍回到佛山，一场生死存亡之战，开始在凌飞电器轰轰烈烈地展开。

将改革进行到底

改革开放让"中国制造"有了突飞猛进的发展，许多产品荣登世界第一，我国已经成为当之无愧的制造大国。然而，一个不争的事实是，多数企业只能在低成本竞争、低权益生产、低端化生存、定价话语权微弱、赢利能力低下之中苦苦挣扎。

这与特定环境有关。

一些初创企业，无论在实力、品牌、渠道，还是技术、设备等方面，都无法跟市场已有竞争对手相比，要想在激烈近乎残酷的市场竞争中谋得一席生存之地，唯有以"低价位"产品迅速抢占市场，从而实现由劣势向优势的转化。

凌飞电器创业初期，就是实行这一战略。不可否认，凌飞成功了，仅一年时间，就在小家电行业迅速崛起，成为行业黑马。但谭薛珍非常清楚，这种"低价位"的成功，虽然能给企业带来眼前的利益，但是难以维系企业的良性发展，是不会长久的。因为"低价位"是靠价格竞争，也就是说，大家比的不是产品的质量和服务，而是产品价格，谁的价格越低，在低端市场所占优势就越大。而这种价格过度竞争的现象使得制造企业可以获得的利润越来越少，所以，无序性竞争最终将毁灭处于"低价位"

市场的企业。

虽然创业初期的定位是正确的，但到有一定基础的时候不进行及时调整，一味地以"低价位"去杀伤同行的同时，自己受到的伤害其实更大，也只能让自己沦为一家低端企业。

第二年，即 2005 年，谭薛珍提出了企业从"低价位"向中高端转型。

由于"低价位"很有市场根基，符合当前中国消费者普遍追求"便宜"的消费心理，虽然伴随人民收入水平的提高，消费者对小家电品质有了更高的追求，但这并不代表高品质的产品就会在市场上所向披靡。因此，中高端产品在市场推广非常困难，经销商更不愿意冒此风险。

相对于市场，来自工厂内部的阻力更大。由于生产"低价位"产品的日子过得很滋润，管理层及员工都有一种很满足的心理，同时，他们的观念始终处于工厂能赚钱就行，企业转型，对他们来说就是折腾。所以谭薛珍在 2005 年第一次推行企业转型升级，以失败告终。

因低价位带来的隐患，在 2008 年集中爆发。

转型失败之后，谭薛珍立足长远，力排众议，在极端不利的情况下，坚持和万宝合作，希望引进"万宝"促进企业升级。虽然转型失败，但与万宝的合作，使凌飞电器躲过了一劫。

2008 年，金融危机席卷全球，制造业特别是低端制造业哀鸿遍野。"2008 年和 2009 年这两年如果没有万宝的话，凌飞会很难过，真的有可能会倒闭，因为万宝是广东省品牌，他们专业做风扇做了几十年。"多年后，谭薛珍由衷感慨。

在巴马沉思期间，谭薛珍再次深刻地认识到企业必须转型。

转型，会遭遇阵痛，困难重重，压力重重。转型之后，会是一片新天地。

不转型，企业可能还会生存三至五年，但最终难逃倒闭的命运。因随着消费升级时代的来临，必将有越来越多的国人愿意为更高质量的产品买单。而且，转型不仅是为了企业的生存及长远的发展，更多的，还有一份责任，必须为四五百名员工的未来负责。如果企业倒闭了，则意味着这四五百名员工将全部失业，会对社会造成冲击。这是一份沉甸甸的责任。谭薛珍非常清楚，一个优秀的企业所谋求的不仅仅是利润，还要承担起必要的社会

凌飞电器召开改革动员会议

责任。所以，转型势在必行，且乃当务之急。而且，转型必须在三年之内完成，因为根据病情的发展，三年之后她必须进行脑部手术，而手术后的事情，又有谁能预料？

转型，是一项系统工程，说起来容易，进入操作层面，则异常艰难，且涉及方方面面的利益，真可谓牵一发而动全身。

怎么转？从低端到高端，市场的性质发生了根本性改变，仅仅修补和完善原有的低端运作平台无法应对高端市场，企业运作平台必须随着市场变化进行根本性转变，必须彻底改变原有的低端思维，以高端品牌的思维来开展企业的品牌升级战略，从而促进企业再次飞跃。

至此，一个较为清晰的思路在谭薛珍的脑海中形成。从巴马回到佛山，谭薛珍立即召集公司高管开会。

会上，谭薛珍的第一句话就是："我们必须改革了。"接着，她向与会者明确了转型的必要性与迫切性。她说："企业转型，转，则生；不转，则亡。只有转型，才有出路，不能再跟那些低价位的工厂去竞争了，我们计划用三年时间砍掉全部低端产品，用五年时间把这条改革之路铺好，那我们未来的几年，会走得很好。但这五年将会非常艰难，是艰苦岁月，如果说我们前面的五年是生存之年，那现在这五年是布局之年。我们又要重新起步，大家要做好打持久战的准备，因为我们要将改革进行到底。"

会上，谭薛珍就转型升级的具体任务、时间、责任人等作了详尽的安排。如健全和完善各项管理制度、绩效考核标准、企业文化建设、员工培训体系建立等。销售两手抓，一手抓内销，一手抓外贸。内销重点引导经销商转变经营思路，使之与凌飞一起转型发展，在产品订货方面采用10搭2（即10台"低价位"产品搭配2台"中高端价位"的产品）的形式，设置过渡期。外销这一最难啃的硬骨头则由谭薛珍亲自负责，跟她妹妹一起开拓海外市场。

"必须做好品质才有出路。"最后，谭薛珍在会上用错位的经营思维应对行业乱局，提出了"顺德品质，南海价格"的经营理念和"打造团队，提升管理"的经营思路。

这既是一个改革动员部署会，又是一个推进落实会，意味着凌飞电器的转型升级正式启动。会议统一了思想认识，明确了目标任务，强化了组织纪律。凌飞电器的转型升级将平稳有序地推进。

任何改革不会一帆风顺，凌飞的转型升级必然也要经历曲折中的阵痛。2007年，凌飞年产风扇及暖炉300万台。2008年，因金融危机、水灾等因素，年产风扇及暖炉180万台。2009年，实行改革，产品由低档转中高档，砍尾巴，同时调整出口线路，抓管理、抓品质，提升企业文化，年产风扇及暖炉190万台。

因改革导致产量锐减，员工及中高层管理者想不通了。

"之前每年都有300多万台的产量，转型做中高端产品之后，订单明显少了起来，每年只有100多万台的量，员工也没多少事做了，当时我们的落差都很大。但谭总对转型的信念非常坚定，也很有信心，她怕我们思想有波动，经常做我们的思想工作，说产量减少是必然的，必须要经过两三年的市场磨合。"回忆2009年的转型，凌飞人力资源部胡经理记忆犹新。

2009 年，国际金融危机的冲击尚未消退，我国东南沿海一些地区开始出现"招工难"的现象。到 2010 年春节前后，这一现象逐渐波及更多地区。据人力资源和社会保障部当年调查显示，被调查企业中有 70% 预期招工"有困难"或"有一定困难"。广东省发布的监测信息，广东省用工缺口约 90 万人。许多企业受国际金融危机影响时"没米下锅"，现在好不容易等来订单又找不到"煮饭的人"。

"2010 年招工难的时候，我们才感觉到谭总选择改革走中高端路线是非常正确也非常及时的，如果当年没有转型，那我们也会面临找不到'煮饭的人'而饿死，所以，我们都非常佩服谭总超前的眼光和思路。后来其他工厂都跟着走我们的路线，选择做中高端产品，因为低端产品浪费人力物力。"胡丙军接着用一种很欣慰的口吻说，"我们转型是很痛苦的，相信谭总当时比我们更痛苦，但她没有表现出来，她坚定地带领我们走了出来。"

改革必然有阵痛，谭薛珍早已了然。壮士断腕，需要勇气、魄力，更需要智慧。谭薛珍兼具，历经几年阵痛，终于迎来曙光：

2010 年至 2011 年，产品档次逐步提升，产量虽减，销售额反增。

2013 年，产量维持不变，销售额倍增，其中出口额猛增 30%—40%，产值、销售额均过亿，企业正式迈入亿元俱乐部。

这是一次历史性的飞越，意味着凌飞从低端生产型企业向中高端生产加出口型企业模式的转变，为凌飞走出国门、走向世界打下了坚实的基础。

让一部分人先富起来

珠江潮涌,水泽八方。

凌飞改革,惠及万家。

凌飞电器厂长贾志辉给我们讲了一个关于"车变"的故事。

2004年进入凌飞电器的贾志辉,为了上下班方便,第二年借钱买了一辆自行车,每天骑自行车上下班。无论刮风下雨,电闪雷鸣,基本上没有迟到早退过。那时,工厂骑自行车上班的员工少之又少。

我们刚进工厂的时候,是在老厂,那时谭总经常跟我们谈愿景。她说现在我们的环境条件都很差,但我们以后要建自己的工业园。每次谭总说完,我们也就当她说说而已,根本没想到会实现,也不敢去想。因为当时的条件实在有限。没想到一两年之后,我们就听说谭总已经圈了一块地。更没想到的是,第三年就建成了崭新的现代化标准厂房,让我们从此告别了"脏乱差"的旧厂房,搬到了"高大上"的新工业园。这是我们凌飞一个标志性的里程碑。

工厂旧貌换新颜,员工的日子开始滋润,厂门外面的自行车渐渐多了起来，那些住在工厂外面的员工基本上都买了自行车。

2008年，我用大部分积蓄买了一辆摩托车。用我们同事的话来说是鸟枪换炮。每天骑着摩托车上下班，觉得自己很威风很神气，而且非常满足、非常幸福，觉得这就是最理想、最幸福的生活，至于小汽车、房子这些事，当时我们压根儿想都没想过，也不会去想，觉得这些对我们来说太遥远。

2009年，厂门口的自行车少了，摩托车多了。这一年，谭总提出要让一部分人先富起来。

2010年，谭总开始给部分员工买车、买房。

2014年，部分员工开始自己买小汽车。这一年，厂门口的自行车完全消失，取而代之的是摩托车、小汽车。

后来，摩托车越来越少，小汽车越来越多，多到厂门外的车位不够用。现在我们工厂四五百名员工，仅小汽车就近二十辆，还不包括公司的车。

我作为一名普通打工仔，在凌飞工作十来年，经历了骑自行车上下班到骑摩托车上下班，到现在开小汽车上下班，还在这里买了房子。这些以前我们想都不敢想的事情，现在全部实现了。这一过程，真像做梦一样，都来得太快了。现在我们招工，每当那些前来应聘的人问我们工厂效益好不好、待遇好不好时，我们会很自豪地告诉他们：我们工厂好不好、待遇高不高，你们看看我们工厂外面停着的那些小汽车就知道了。

滴水藏海。小故事，蕴含大道理。

　　从自行车到汽车，不仅仅是一个交通工具的变化那么简单，其中反映了工厂发展历程、员工福利及员工生活水平的提高等。

　　一部分员工能够在短短几年内就圆了小汽车梦，圆了住房梦，提前进入小康生活，全得益于谭薛珍在巴马沉思之后得出的一系列思想之一：让一部分人先富起来。

　　1985 年 10 月 23 日，邓小平在会见美国时代公司组织的美

学习中的谭薛珍

国高级企业家代表团时说："一部分地区、一部分人可以先富起来，带动和帮助其他地区、其他的人，逐步达到共同富裕。"一部分地区、一部分人，因此率先走上了富裕的道路。

"我们目前还没有条件遍地开花，但也要像当年邓小平所说，让一部分人先富起来，让那些工作认真负责、为公司作出贡献的员工先富起来，让中层员工先富起来，提高他们的福利待遇，完成他们的梦想，让他们把家安好，把心安好。"谭薛珍在转型升级动员大会上，提出薪酬制度改革，要"让一部分人先富起来"。

让一部分人先富起来，实际上是一种比较行之有效的激励机制。打破"大锅饭"，让有能力的富起来，让观望的动起来，让混日子的慌起来。

从 2009 年开始，凌飞开始有计划地帮助部分员工圆梦，帮他们买车、买房。有些员工自己回家建房，凌飞出资帮他们装修。

榜样的力量是无穷的。先富起来的员工，没有了后顾之忧，全身心地投入到凌飞事业之中，与凌飞电器共同发展。

还在打拼的员工，看到了希望和未来，有了更多动力，因为下一个先富起来的人，说不定就是他（她）。

凌飞的财务算了一笔账：从 2010 年到 2017 年，员工及管理层的工资上涨了 50% 以上。2008—2009 年这两年是凌飞经济最困难的两年，但员工的工资不但没少一分，反而略有上涨。

物质上的富有，并不是谭薛珍的初衷。她希望凌飞的员工在精神上也要丰富起来。

一个伟大的民族必有一种优秀的民族精神，一个成功的企业必有一种卓越的企业精神，一个有作为的人必有一种非凡的人格精神，无论是一个民族、一个企业，还是一个人，没有精神就等于没有灵魂。因此，谭薛珍在提出让一部分人先富起来的同时，提出企业文化改造，以企业文化建设为载体，用文化推动转型，把凌飞当成一所培养人的学校："我们要让员工快乐起来，多开展一些有益身心健康的文体娱乐活动和文化与技能学习培训，使之安心做好产品，不把情绪带入到工作中。"

这是一个知识爆炸的信息时代。科技发展日新月异，各行业竞争日趋激烈，知识更新速度不断加快。据研究资料显示，在知识更迭日益加快的今天，一个本科生走出校门两年内，一个硕士研究生毕业三年内，一个博士生毕业四年内，如果不及时补充新知识，其所学的专业知识将全部老化。在此背景下，如果还不快速持续学习新知识，那必将被时代所抛弃。

"谭总提出企业文化改造，把凌飞办成一所学校的理念非常及时，我虽然是工厂的中层管理者，但很少主动去学习，也很少主动去了解外面新的事物，觉得只要做好自己分内的工作就行了。但随着公司的发展壮大以及市场变化，我在工作上感到越来越吃力，压力越来越大。后来，谭总强制性地组织我们学习，还花不少钱请专家来给我们上课，让我们去参加各种学习培训班等，通过这些专业的培训学习之后，我才发现之前工作压力大，就是因为管理思维跟不上时代的发展。"这名中层管理人员的肺腑之言，为谭薛珍的"凌飞学校"做了最好的诠释。

"我们在凌飞电器厂过得很充实。"几名"90后"对"凌飞学校"作了一个补充，"下班之后，公司经常会举办很多活动，如员工生日聚会、运动会、春节晚会和中秋晚会等。运动会、春节晚会和中秋晚会是每年都有的，从来没有间断过。而且，这些晚会的节目都是由我们各个车间自编自导自演的。"

"90后"们说到自编自导自演节目时，显出一脸的自豪。

让一部分人先富起来。富起来的不仅是物质，更多的是精神，是全体员工的精神。

母爱柔情

2011 年，谭薛珍的儿子何建成大学毕业。作为母亲，谭薛珍面临两个选择，既渴望把儿子留在身边，留在自己的公司，一来可以照顾到他，同时也能帮助自己，减轻自己的负担。从儿子的角度来说，更希望他到社会上好好锻炼几年，在开阔视野、增长见识的同时，积累社会经验，磨砺人生意志，这对他今后的成长大有裨益。

何建成也面临两个选择。外面的世界很精彩，很想去外面走一走，看一看，闯一闯，毕竟，人生难得几回搏。但是，当他看到母亲为了公司的生存与发展，为了公司数百名员工能过上幸福体面的生活，每天都在与病魔进行抗争，每天都要强忍着巨大的痛苦，挣扎着往返公司时，他的心就淌血。母亲虽然有着坚强的外表，也有一颗无比坚强的事业心，但她毕竟是女人。女人的心，是脆弱的。而且，母亲的心更孤单、更寂寞，因为没有人能理解，甚至被人误解。

外面的世界虽然精彩，但母亲更需要有人照顾。虽然不能分担她身体上的痛苦，工作上也暂时帮不了多大的忙，但至少可以留在她身边，给予她慰藉。因此，何建成决定回母亲的公司工作。

每一位父母都希望自己的孩子成功，成为对社会、对家庭有益的人。但要达到这个目的，往往不能仅靠愿望。英国教育家普德曼曾说："在孩子的心灵播种理想，就会收获行为；播种行为，就会收获习惯；播种习惯，就会收获品德；播种品德，就会收获命运。"

儿子希望留在公司，谭薛珍自然欣慰。但作为母亲，她更感责任重大，必须为儿子的继续教育、未来的人生做长远的规划，要给他机会，更要给他做人的道德品质，必须让他在做事之前先学会做人，不能把自己打下的一些基础作为他的资本，应该给他一个新的天地，给予成长空间，让他自己去创业，去经历一些挫折。

因为，没有经历过挫折的人，是不会成功的。何建成进入凌飞，从最低层做起，从业务员做起。对刚走出象牙塔的何建成而言，步入社会这一考验人性的大熔炉，梦想与现实的巨大反差，让性格内向的他无所适从，社会上很多东西与他所想象中的并不一样，之前在学校汲取的各种专业知识，几乎没有用武之地，社会需要的是硬性的实践技能。

进入凌飞的第一年，何建成在努力寻找自己心中的理想答案，关于人生的方向，关于自己的奋斗目标，关于工作的方式方法……

第二年，还在寻找中……著名作家柳青说："人生的道路虽然漫长，但紧要处常常只有几步，特别是当人年轻的时候。"

什么才是"紧要的那几步"？谭薛珍一直在背后默默地注视何建成，当她多次看到何建成脸上浮现出迷茫与无助时，觉得不能再让他这样漫无目的地寻找下去，需要及时点化。

母子俩在一起吃饭的时候，谭薛珍对何建成说："儿子，你在公司已经两年了，也没有做出什么成绩，公司是不养闲人的。要不你先到外面去锻炼一两年吧，外面我已经帮你安排好了。"

何建成听了，心里很不是滋味。他理解母亲的苦衷，这两年来，除了苦劳，他确实没有为公司作出任何贡献，还惹来了一些人在背后指指点点，甚至给母亲带来了一些麻烦。当然这些并非他所想，他真的很想帮助母亲，无奈心有余而力不足。事实上，这也是人生成长过程中所必然遭遇的一个阶段。

"妈妈，我要帮您，我不想去外面。"何建成小声地说。

谭薛珍问："你拿什么帮我？两年了，你什么业务都没有，现在我们的业务主要是外贸，你英语又不行。"

何建成觉得很委屈，眼泪差点流了出来。他强忍着泪，央求道："妈，您再给我一个机会好吗？我一定会努力的。"

请将不如激将。她只是想激励一下儿子，希望他能尽快步入正轨。看到他迷茫无助的样子，谭薛珍心里更痛，心也软了，说："那行吧，再给你一个机会，但你得写一个保证书给我，保证在2013年为公司创造一个订单，没有订单的话，我想留你也没用。"

何建成大喜，说："好，我保证2013年一定有订单。"

谭薛珍继续说："有订单还不行，你还得去学英语。"何建成嗫嚅道:"我没钱。"谭薛珍:"没钱你去借,供你读完大学是我的义务,大学毕业之后,你就只能靠自己。"

没多久,何建成将保证书交给了谭薛珍。

谭薛珍接过保证书,待何建成离开,她心中刹那间百感交集,忍不住痛哭起来:"儿子,别怪妈妈心狠,对你们严厉是希望你们自己争气,早日成才,成为受人尊敬的人。"

何建成知道,母亲的指责不无道理,作为一家外贸型企业,英语就是连接客户的桥梁。英语不好,就无法跟客户沟通,合作也就无从谈起。既然向母亲做了承诺,也为了自己未来的职业生涯,无论如何都必须尽快补齐英语这块短板。

没有钱,不能伸手向母亲要,母亲已经尽到了她的义务,一切必须靠自己。何建成东拼西凑借了30000元钱,重新去学英语。

学英语的同时,还必须工作,"军令状"还在母亲手中,必须为母亲、为自己争口气。

2011年,何建成在广交会上通过互递名片认识了一位来自迪拜的客户。广交会闭幕后,何建成几乎每个星期都会给那位客户发短信,或祝福,或问候,或谈心,或了解他们生意上的需求。只要客户没有拒绝,何建成就不厌其烦。由于英语不好,沟通还存在困难,遇到一些专业的问题、一些专业的名词术语,何建成不耻下问,向身边的朋友、同事请教。通过这些方式彼此沟通了一年多,期间,客户又参加了几次广交会,何建成每次看到他,都会主动跟他打招呼、问候。

同事得知详情后，对何建成说："跟了一年多都没有订单，这样的客户就放弃吧，不用再跟了，再跟下去只会浪费时间和精力。"

何建成依然执着。他已把客户当成了朋友。与客户沟通、交往的过程中，何建成在不知不觉中摆脱了之前不敢与人沟通的心理魔障，能轻松自如地与客户交流起来。

又一次广交会，何建成又见到了那位客户。招呼过后，何建成问："你们今年有没有风扇的需求？"

客户说："有计划。"也许是被何建成的执着所打动，客户问："你们有什么样的产品？"

何建成一听，信心倍增，机会来了，他忙向客户介绍公司产品。介绍完产品，何建成如实地对客户说："我是一位刚开始做业务的新人，对业务还不太熟悉，希望您多谅解。您有什么想法和要求，请告诉我，我会尽最大的努力去配合您。"

客户说："你给我两个样板吧！"广交会后，何建成立即给客户寄去两个样板。

几天后，何建成估计客户收到了样板，即电话追踪，问客户样品在邮寄过程中是否有损坏、对样品是否满意等。

客户对样品很满意，便咨询了价格。何建成通过网络把报价发给客户。几轮讨价还价，客户订单终于确定：1900 台。

1900 台，对凌飞来说，数量不多。对何建成来说，意义巨大。这是他凭自己的能力和毅力独立完成的第一张订单，不仅兑现了他对母亲的承诺，也证明了自己的能力，增强了自己的信心，开启了他事业的第一步。

万事开头难。成功地迈出了第一步，后面的路就好走多了。

2013 年 3 月，何建成迎来了第二张订单：一位巴拿马客户订了 13 个货柜。5 月，同一客户追加 5 个货柜；9 月，再次追加 4 个货柜。一张订单，为公司带来了近 500 万元销售额。

此后，何建成的订单源源不断。

教训，也接踵而至。一次，在装货柜时因计算错误，一张订单的货剩下一少部分没有装完。

错在己方，何建成马上与客户沟通，首先很坦诚地向客户承认错误，并表示将承担由此造成的损失。然后询问客户是否还有其他订单，如有的话，可拼装货柜。

客户在大陆，除凌飞电器，再无其他订单。为了维护凌飞的声誉和诚信，尽快将货送到客户手中，保证订单的顺利完成。何建成自己垫付 1600 美元运费，增订一个货柜解决问题。

还有一次，他有一位客户订了 7 个货柜的电风扇。顺利交货没多久，客户反映产品有问题，并拍了照片发给何建成。

何建成仔细研究客户发来的问题产品图片后，发现这问题实际上不能算是问题，更不是质量问题，只是外观上的一点小小的瑕疵，是模具本身的问题。而且，这一瑕疵在何建成发给客户的样品中已经存在，并得到客户的认可之后才开始批量生产的。

客户有投诉，必须第一时间响应，尽快协商出客户满意的解决方案。这是凌飞的售后服务原则。何建成立即与客户沟通，提出给客户提供一些配件进行弥补。客户不同意，他说货已经上市了，那个问题已经影响了他的销售，要求凌飞赔偿 3000 美元。

根据协议条款，凌飞无责。因为产品本身不存在缺陷，质量也没有问题。何建成将客户的要求及自己的思路向母亲汇报。

这是一个考验儿子的机会。谭薛珍不动声色，问："你打算怎么处理？"何建成说："赔给他们吧！"谭薛珍问："为什么？"

何建成解释："根据合同及流程，我们可以不用承担任何责任，但问题毕竟因我们的模具引起，我们必须为客户提供最完美的产品及问题解决方案。如果这次我们按客户要求进行赔偿，不仅是为了满足客户的要求，尽管客户是无理的，但更多的是对我们自己进行鞭策和促进，促使我们今后生产的产品无论在质量还是外观方面都将更为完善，对客户也体现了我们的责任和大度，是一个双赢的局面。"

谭薛珍听了，心头窃喜，儿子越趋成熟了，但她脸上还是不露声色地说："既然如此，那就按你自己的想法去处理吧。"

责任换回了回报。三年后，那位客户再次与凌飞签约。如果没有那 3000 美金的"赔偿"，也就没有三年后的故事。

据谭薛珍了解，何建成因工作上的失误，至少被公司扣除或罚款几万元。可贵的是，不管母亲要求如何严格，无论因工作失误处罚多严厉，何建成始终坚持着，在工作上坚持，在业务上坚持，从未轻言放弃。正如他自己所说："坚持了，不一定会成功；放弃了，一定会失败。"

什么是成功人士？自己事业的成功，只成功了一半，把自己的子女教育成功，才是真正的成功。此刻，能给予谭薛珍最大安慰的，或许就是儿女的成长与成才。

签下生死状

2013年5月23日，美国加利福尼亚大学洛杉矶分校罗纳德·里根医疗中心。

一名患者躺在病床上，头部靠着手术台，愉快地弹奏吉他。旁边身穿蓝色手术衣的医生则在忙着为他做手术。

这名患者是美国音乐人布拉德·卡特，因患上帕金森病，无法弹奏心爱的吉他。医生建议他接受深层大脑刺激术，在大脑中植入脑起搏器，释放电脉冲，刺激大脑的相关区域，以缓解手颤症状。卡特同意手术，不过要求手术中弹吉他，以检验起搏器是否奏效。院方希望卡特的手术过程能够告诉特发性震颤及帕金森病患者，接受大脑刺激手术并不可怕。因此，在征得卡特的同意下，将手术的全过程在社交网站上进行视频直播。

卡特同意了。卡特边接受手术边弹吉他的场景，不仅让人为之惊叹，还让卡特的术中弹奏传遍世界。

一边弹吉他，一边做手术，有这么神奇吗？谭薛珍从《羊城晚报》上看到这篇新闻时，觉得如此神奇，太不可思议了。她把这一条新闻剪下来保存，决定找时间去一趟美国，如果可行，可以亲自体验一下这么神奇的手术。

9月，是一个果实飘香与收获的季节，也是一个满载期望扬帆起航的季节。2013年9月，谭薛珍的长子何建成在众多祝福声中，牵手美丽的妻子，踏上红地毯，步入了神圣的婚姻殿堂。

看到儿子手捧鲜花慢慢地走向新娘，和新娘一起走向舞台。他们幸福地微笑着，交换结婚钻戒、喝交杯酒、向双方父母鞠躬、共同点燃象征爱情的蜡烛、共同倒满通红的香槟酒时，谭薛珍的眼睛湿润了，喉咙哽咽了。子女们的幸福是她做母亲的最大心愿，为了他们，再多的辛苦、再多的委屈、再多的付出，都无怨无悔。现在，儿子终于长大成人、成家了，她该欣慰了。

完成了生命中的一件大事，谭薛珍的心情异常轻松起来。两个月后，谭薛珍带着她妹妹、一位律师等六人浩浩荡荡飞到美国，找到那家做帕金森脑起搏器手术的医院。

在医院经医生确诊之后，确定她的病情可以手术。通过咨询和了解，得知在美国做手术费用昂贵，需要200多万元。同时，美国距离太远，不便于今后复查。

能不能先把手术资料拷贝回去，然后到国内或就近的医院做手术呢？医学无国界，医院同意了谭薛珍的请求，把手术的相关资料都拷贝给了她。

手术没有做成，但得到了技术资料，也算不虚此行。

飞机上空间狭小，坐在座位上时，谭薛珍的双腿只能一直缩着。连续坐六七个小时，就会影响腿部的血液循环，会呈现出腰酸背痛脖子难受等症状。如果是跨洋航班，一坐就是十几个小时，更加难熬。

正常人如此，患有严重异动症的谭薛珍更是备受煎熬。

广州至洛杉矶，13 个多小时航程，谭薛珍凭着顽强的毅力和坚定的意志，坚持下来了。到了洛杉矶，谭薛珍一行来不及抖落身上的风尘、医院，联系医生，检查身体，确诊病情……待手术前的各项准备工作全部完成之后，来自体力上的透支及异动症的折磨，使谭薛珍再也坚持不住了，整个人就像虚脱了似的，不仅全身乏力，四肢不受控制，而且难以名状、难以忍受的剧痛遍布四肢百骸，残忍地撕裂着她身上的每一处肌肉、每一个细胞。

尽管备受煎熬，旅途还得继续。

谭薛珍挣扎着登上了返程的客机——空客 A380。当她勉强将自己的身体挪入到座位上时，异动症就似排山倒海般向她袭来，两臂及双腿剧烈抖动，肌肉僵硬，说话困难，感觉如同世界末日。

登机前，谭薛珍原想订一张轮椅，在飞机上坐起来比较舒服，也能在一定程度上减缓因异动症发作时所带来的痛苦，后因诸多因素而被取消。现在，逼仄的座位空间，加剧了病情的发作及因此带来的痛苦。

受不了了。谭薛珍扶着前面的座椅，挣扎着站起来，慢慢地挪到过道上，再慢慢地往前挪动。

空姐见状，忙走过来对她说："您好，请您坐到座位上，系好安全带，飞机马上就要起飞了。"

　　谭薛珍不想让空姐为难，又挣扎着退了一小步，想把自己重新挪到座位上，但刚一坐下，只觉全身阵阵剧痛袭来，痛彻骨髓，痛得连呼吸都变得困难起来。

　　不行，必须到前面去。空客 A380 是宽体客机，前舱空间较大。谭薛珍再次挣扎着站起来。

　　这时，空姐感觉到了谭薛珍的异状，关切地问："您怎么了？"患病的人一般都有一种这样的心理，即不希望别人知道自己有病，觉得如果让别人知道你有病，别人就可能对你抱有一种同情心理，而这种同情心，是病人不愿意看到的。人们都希望有尊严地活着，能做真实的自己。谭薛珍也一样，她不想把自己有异动症的实情告诉空姐，因为她想在空姐面前保持尊严。她还没有做好公开自己病情的准备。

　　见谭薛珍不语，空姐感觉到她有难言之隐。

　　关心乘客，帮助乘客，是空姐的职责所在。空姐再次询问，似有不达目的不罢休之势。

　　最后，谭薛珍隐无可隐，只得如实告知，说："我是帕金森病人，有异动症。"空姐一听，顿感事态严重，对谭薛珍说："请您稍等，我去向机长汇报。"

　　不一会儿，机长来了。机长拿出一份协议之类的文件，让谭薛珍签字。

　　通过律师翻译，谭薛珍才知道，这是一份免责协议，也可以说是所谓的自我声明。大意是鉴于"我"个人的身体情况，在乘坐该航班的过程中，给本人或其他旅客造成身体上的损害、病情加重或死亡，完全由"我"个人或接送机的申请人承担全部责任及损失，并保证不向航空公司及所属工作人员或代理人提出法律诉讼和任何赔偿之类。

这样的免责协议，对谭薛珍来说，更像是一份生死状。一种"生死有命，富贵在天"的悲怆之情油然而生。

此刻，谭薛珍才明白，原来，在别人眼里，自己竟是一个将死之人，有可能死在这十多个小时的航程之中；在别人眼里，自己的生命竟如此之轻，轻到只是"谭薛珍"这三个字的签名。既然如此，那今后的人生，还有何意义？该如何去面对？今后的路，又该何去何从？该怎么去走？

脑海一片空白，一种死亡的感觉慢慢向她袭来。谭薛珍拒绝签字。机长说："您必须签字，这是我们的惯例，否则飞机不能起飞，同时也请您放心，我们会尽一切努力帮助您。"

谭薛珍看了看机舱，几百名乘客都在看着她。他们能否准时抵达目的地，全在于她的一念之间。

又看了看机长，他眼神中充满期待。

谭薛珍犹豫了一下，缓缓地接过机长手中的文件和签字笔，在律师的协助下，签下了"谭薛珍"三个字。

在签完名的那一刹那，谭薛珍竟有一种如释重负般的感觉。连"生死状"都签了，还有什么不能面对的？既然自己是病人，就要坦然面对，勇敢地说出来，告诉大家，自己是病人，需要帮助。这样，就能得到应有的帮助，得到应有的照顾，把坏事变成好事。如果你不说出来，那你永远无法走出自己的顾虑，永远不能坦然面对生活。

空客 A380 飞机开始在跑道上滑行，速度由慢变快。随着一阵颠簸，飞机开始爬升，劈开云层，直冲云霄。

窗外豁然开朗，云海在阳光衬托下，分外洁白，格外耀眼。谭薛珍静静地欣赏云海的变幻莫测，欣赏大自然的精彩演绎。

凤凰涅槃

　　每一个生命，都是一个不朽的传奇。每一个传奇背后，都有一个精彩的故事。多少次的徘徊，多少次的无奈，多少次的辛酸与泪水，造就了多姿多彩的人生。

　　人生，好比一个五味瓶，只有经历了酸甜苦辣，才能色香味俱全，才能领悟人生的意义和生命的真谛。

　　谭薛珍将脑起搏器手术相关资料从美国拷贝回来之后，希望在国内找一家能完成该手术的医院。

　　期间，去北京咨询，到上海寻找，先后咨询了数家大型知名医院，它们都不具备做该手术的条件。

　　在寻找医院的过程中，谭薛珍病情越来越严重。

　　有人对谭薛珍说："中山医科大学附属医院有一位全国知名的神经科女教授，在神经医学方面颇有建树。不过，这位教授现在已经八十多岁了，不知道还有没有出诊。"

　　只要有一线希望，谭薛珍就会全力以赴，立即前往中山医科大学附属医院打听。

　　功夫不负有心人。谭薛珍终于找到了这位老教授。老教授叫梁秀龄，是中国著名神经科专家、博士生导师，享受国务院特

2017 年元旦，谭薛珍在其主办的"火凤凰个人时装秀"上进行时装表演

殊津贴专家，擅长诊治神经遗传病和神经变性病。曾于 2001 年
荣获国务院颁发的"国家科技进步二等奖"，2018 年荣获中国医
师协会"终身成就奖"。曾任中山医科大学附属第一医院神经科
及神经病学教研室副主任、主任共 14 年，现任中山大学附属第
一医院神经科特聘教授。

梁教授从医 60 余年，在对神经系统遗传病尤其是肝豆状核变性（Wilson 病）的诊断、治疗、预防，以及遗传性共济失调、腓骨肌萎缩、神经系统变性病如肌萎缩侧索硬化、多系统萎缩的诊断和治疗等方面积累了丰富的经验，解决了大量病人的痛苦。同时著作等身，截至 2007 年 3 月，共发表论文 326 篇，出版专著 4 部，主持包括国家自然科学基金、卫生部临床学科重大项目等科研基金共 18 项。

梁教授对谭薛珍的遭遇十分同情，对她与病魔抗争的精神与毅力十分佩服，对她对生命的热爱以及对事业的执着十分赞赏。她不顾年事已高，亲自为谭薛珍做检查，研究最佳治疗方案。

通过几次诊断和治疗之后，梁教授对谭薛珍说："你这病我已经没法帮你治疗了，赶快去做脑起搏器手术吧。"

脑起搏器是一种通俗的说法，医学名称叫脑深部电刺激术，英文缩写为 DBS。主要是通过手术在大脑中植入刺激电极，用体外遥控装置调控脑内电极的刺激参数，发放电脉冲至控制运动的相关神经核团，治疗缓解帕金森病的三个主要症状：震颤、僵直和运动迟缓，从而达到调控异常神经电活动的目的。尤其对中线症状有很好的改善作用，如起步和翻身困难等。

脑起搏器是一套精致小巧的微电子装置，包括一个脉冲发生器、一根电极和一根延伸导线。这些部件均植入体内，不会影响病人的日常生活。脑起搏器还可以用于治疗原发性震颤、肌张力障碍、抽动症、脑瘫、疼痛、癫痫和精神疾病等功能性脑病。

手术过程分为以下几个步骤：

第一步是安装立体定向头架，帮助医生确定放入电极的位置。

第二部是是精确定位。通过全息精确导航及 CT 或核磁共振（MRI）检查定向架位置，并获得植入脑起搏器部位的定位数据。

第三步是植入电极。根据前面的定位找准刺激部位后，把电极植入大脑；然后进行效果测试。植入电极后，医生进行初步测试，让患者做一些简单的运作。

第四步是根据患者的感受和症状改善程度，进一步调整电极的位置和刺激强度，以达到最佳效果。

第五步是植入整个系统。即在胸部的皮肤下面植入脉冲发生器，再经皮下通过导线把脉冲发生器与电极连起来。

手术中，大部分时间患者是清醒的。因为手术需要患者的配合来确定电极放置的位置和观察治疗效果。

毕竟是脑深部电刺激手术。大脑是人体的生命中枢，血管丰富，神经密集，还有许多功能区。因此，有人说脑部手术是神经外科技术含量最高、风险最大的手术之一。牵一发而动全身，术中稍有不慎，便有可能导致严重后果，甚至造成无法挽回的悲剧。做手术，风险很大。不做手术，疼痛难忍，且病情不断恶化，下半辈子将注定在轮椅上度过。

做手术成功了，事业能再创辉煌，人生将更有意义。不做手术，公司的未来，不容乐观，数百名员工将面临重新择业。

谭薛珍决定去新加坡做脑深部电刺激手术。

因该手术的多种不确定性，万一有什么意外，其后果不堪设想，如果让员工知道自己要冒着如此大的风险去做这手术，那他们会怎么想？会否一如既往地安心工作？

结果可想而知。

因此，去新加坡做手术的事情，不能让公司员工知道，否则会导致人心不稳。

也不能让供应商和经销商知道。公司还处于负债之中，如果供应商和经销商们知道了，谁知他们会有什么样的想法？

2014年4月，谭薛珍在一次员工培训班上说："下个月我将离开工厂到外面去学习一段时间，回来之后，将会以一个全新的面貌来面对大家。"

老板外出学习，员工早已习以为常，不会有其他想法。

随后，谭薛珍对工厂的人事、生产、管理等方面进行了周密细致的安排。

2014年5月9日，谭薛珍在她两个妹妹及妹夫、儿子的陪同下，前往广州白云机场乘飞机去新加坡。

在机场登机的时候，谭薛珍一步三回头，脸上表情错综复杂。

我的祖国，我的家乡，我的亲人，今日一别，何日才能重逢？能否重逢？谭薛珍不知道。

一种生离死别的感觉涌上心头，眼角不知什么时候布满了

谭薛珍在弹奏古筝

泪水，正在刷刷地往下流。

顺利抵达新加坡，找到伊丽莎白医院，检查、诊断、约定
手术时间，办理入院手续……

完成这一系列流程后，谭薛珍一行就地休息一天。

第二天，即 2014 年 5 月 11 日，约定手术时间将到，患者谭
薛珍却"失踪"了。护士在医院四处寻找，就是找不到。

这次手术的主刀医生是汤姆斯，一名医术高超的印度医生。

因为该手术在新加坡还是第一次，属于新技术。为确保手术成功，医院还从美国请来了七名资深专家现场指导。

主刀医生及专家们快到了，患者却不见了。电话打不通，人找不着。护士急了，莫非患者害怕了，不想做了？

就在护士找得满头大汗且六神无主、无计可施的时候，电话接通了。

"Where are you（你在哪里）?"

"我在买点东西。"

护士一听，哭笑不得："Come on，It's time for the surgery, and yet you go shopping. You are acting like a kid（都什么时候了？马上就要做手术了，你却还在买东西，真不懂事，太调皮了）。"

护士的话，一点没错。谭薛珍从小就很调皮。来医院做手术，按理说，手术前，患者必须待在医院，一是便于医生观察病情的发展，判断是否能做手术；二是做手术时必须提前准备。这些注意事项，谭薛珍当然知道，但她就是一个闲不住的人。工作中，她是一位非常认真、非常严肃，要求近乎苛刻的老板，原则性非常强。生活中，她却是一个乐观开朗，且十分幽默的人。该哭就哭，该笑就笑，该玩就玩，该做事就做事，率性而为，无所拘束，无所顾忌。在帕友微信群中，她还因此荣获了"大众情人"的称号。因为她总是有办法让群里的每一位帕友都开心起来，让他们笑起来，每一位帕友都很喜欢她。

每次出差，无论去哪里，不管旅途有多劳顿，她都要为她的家人、闺蜜及工厂后勤买些有纪念价值的礼物送给他们。这是她的惯例。

这次来异国他乡做手术，可以说生死未卜，一旦躺到手术台上，能不能爬起来，还是一个未知数。所以，手术结果会如何，她不去想，却想到在手术之前先溜出去为她的闺蜜和工厂后勤买礼物，这还真有点令人匪夷所思。

护士也觉得不可思议，见到谭薛珍后的第一句话就是："That's ridiculous. I've seen so many patients, and none of them was naughty like you. Let alone you are a woman. So that's what Chinese are like you（太荒谬了，我见过那么多病人，还从来没有遇到过像你这么调皮的人，而且还是女人，难道你们中国人都是这样的吗）?"

谭薛珍赧然一笑，说："I'm so sorry！ I'm not typical. Chinese people are normally well-behaved（不好意思，不好意思，我是特例，我们中国人都是很讲规矩的）。"

护士无奈，说："So please get prepared now. The operation will get started immediately（赶快去准备吧，手术马上就要开始了）。"

当天要做的是脑深部电刺激术手术的第一步，也就是第一次手术。

躺在手术台上，主刀医生汤姆斯问："Are you sure to do it（您确定要做这手术吗）?"

谭薛珍说："Sure（确定要做）。"

汤姆斯问："Really sure（您确定）?"

谭薛珍说："Really（确定）!"

汤姆斯问："Really really sure（真的确定）？"

谭薛珍说："Of course（真的确定）！"

汤姆斯连问三次。

谭薛珍连答三次。

当时，谭薛珍心里很纳闷，医生要一而再再而三地问她，肯定有什么地方不对劲，有问题。但哪里不对劲，问题在哪里，她不知道，也不好意思问医生。

第一次手术，安装立体定向头架和精确定位。

第一次手术很顺利，两个多小时就全部结束。

一个星期之后，即 5 月 17 日，在 ICU 病房实施第二次手术。

第一次手术是微创手术，第二次手术则是大手术，也是比较危险的。要在大脑中植入电极，并进行调试，然后植入整个系统。

由于没有实施麻醉，在手术过程中，谭薛珍始终处于清醒状态。也许是为转移她的注意力，缓解其紧张心理，医生边做手术边跟她聊天。

手术快结束时，医生问："How do you feel（感觉怎么样）？"

"I don't fit in quite well. But it's kind of ok for me（有一点不适应的感觉，但还能勉强接受）。"谭薛珍说，"From the first day I got here, I've entrusted myself to you（从我来到这里的第一天起，就已经把自己交给你们了）。"

第二次手术一共进行了 9 个小时。

经过 9 个小时的折腾，手术结束后，谭薛珍基本上处于虚脱、无意识状态。

朦胧中，谭薛珍发现四周黑漆漆的一片。她摸索着想在黑暗中前行，但双手所触之处，全是冷冰冰的墙壁，左冲右突，总是找不到一个出口。就在她绝望之时，前方出现了一道亮光。循光走去，看到她父亲和母亲站在亮光处向她招手。谭薛珍兴高采烈地奔跑过去，扑向她母亲，想依偎到母亲怀里，结果扑了个空，母亲突然不见了，父亲也不见了。谭薛珍惊出了一身冷汗。

原来，这只是一个梦。

从 ICU 病房出来后，她又昏睡了 10 多个小时。

难道，这梦就是所谓的回光返照？想向她昭示什么？

事后，医生告诉谭薛珍，她是亚洲第一例、全球前几例用新技术做脑深部电刺激术手术的人。

"怪不得手术前反复问我是否确定做手术，原来他们也承受了巨大的压力，自己给他们当了一回小白鼠。"谭薛珍恍然大悟，后怕起来。

要是事先知道自己是亚洲第一例、全球前几例用新技术做脑深部电刺激术手术，那自己还有勇气走上手术台吗？

谭薛珍不得而知。

系列手术虽已顺利完成，但在接下来的日子里，谭薛珍有一种生不如死的感觉。

手术完成后，继续在医院住了九天，谭薛珍他们被迫搬出医院，住到外面，待一个月之后再开机调试。

在大脑中植入异物，大脑内各种器官和神经系统必然会产生排斥，给谭薛珍带来了巨大的痛苦。同时，植入脑部的起搏器需要通过外部控制器进行反复调试，从而达到最佳效果。有一次在调试的过程中，可能是用力过大，或者是控制参数过高，谭薛珍脑海中似有千军万马在厮杀，刹那间她难受得无法呼吸，脸色变得苍白，面庞因痛苦而扭曲，额头上渗出了豆粒大的汗珠，双手和双腿不停地发抖，全身上下缩成一团。

看到姐姐痛成这样，她的两个妹妹吓坏了，她们紧紧地抱着姐姐，想安抚她，给她安慰。但凭她两人之力，根本无法抱住痛不欲生的姐姐。

因无比难受，无法忍受剧痛，谭薛珍真想从楼上跳下去，一了百了。

妹妹们马上把她送到医院。医院已经下班，又腾不出床位，护士立即打电话请汤姆斯医生来医院处理。

汤姆斯医生极具敬业精神和职业道德，一听患者有危险，马上赶到医院，重新诊断、调试脑起搏器。

通过多次调试之后，谭薛珍的症状才略有缓和。

大脑对脑起搏器的接纳需要一个过程，需要长时间的磨合。谭薛珍的痛苦，每天还在继续。

从开始手术到康复，谭薛珍在新加坡住了两个月，这两个月，可以说是她人生的最低谷，她每天都像是在地狱中备受酷刑煎熬，在生死之间反复轮回。每天除了痛苦，还是痛苦。

早知这样，还不如不做这手术。当然，谭薛珍没有后悔，只是在痛得特别受不了的时候，发发牢骚。就算她早就知道有这么一个可怕的痛苦过程，但为了生命的意义，为了凌飞的事业，她也会义无反顾。

任何艰难与痛苦，在生命面前，都将黯然失色。除了公司几位高管，谭薛珍去新加坡做手术一事，没

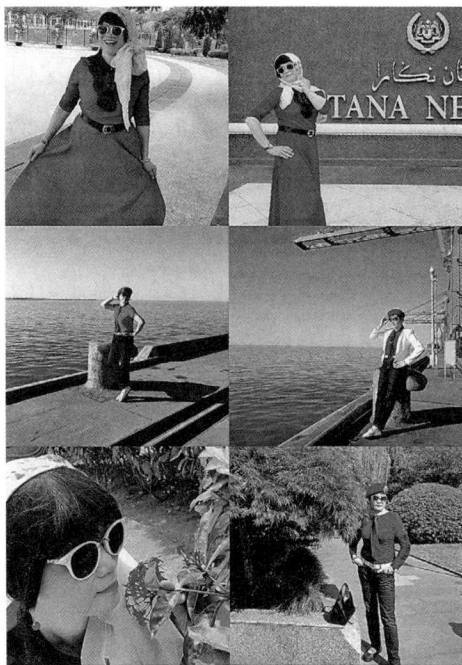

谭薛珍在新加坡治病期间的精彩掠影

有任何人知道。但天下没有不透风的墙。

"凌飞电器厂的老板病情加重了，去国外做手术了，能不能回来还不知道。"

各种谣言随风而起，满天飞舞，飞到了远在大洋之外的谭薛珍耳中。

怎么办？解铃还需系铃人。尽管还在痛苦中挣扎，还在死亡的边缘徘徊，谭薛珍每天早晨都要挣扎着从床上爬来，坐在床上，略施粉黛，淡扫蛾眉，再用一块丝巾把因手术而剃光了的头

包起来，强忍痛苦，强颜欢笑，通过视频与供应商沟通，与员工互动。谭薛珍通过这种方式告诉他们，她在国外旅游，身体很好，精神很好，让他们放心，她不会跑。

看到老板娘每天如此"光鲜"，谣言不攻自破，供应商们淡定了，员工心安了。

经过近两个月的磨合，大脑接纳了起搏器。

凤凰涅槃，浴火重生。谭薛珍从死亡的边缘回到了美丽的人间，然后带着新的使命和新的面貌，出现在凌飞，出现在凌飞的员工面前。

凌飞红旗能立多久

车尔尼雪夫斯基说过："历史道路不是涅瓦大街上的人行道，它完全是在田野中前进的，有时穿过尘埃，有时穿过泥泞，有时横渡沼泽，有时行经丛林。"

2014 年，凌飞迎来了第一个十年。

十年，一粒种子，可长成枝繁叶茂的大树。

十年，一个孩子，可变成朝气蓬勃的青年。

十年，一个企业，可发生翻天覆地的变化。

凌飞的第一个十年，历经了产品积压、资金链断裂等濒临破产的风险，通过了自然灾害的考验，穿越了国际金融危机冲击的波涛，承受了转型期的阵痛，为下一个十年的发展奠定了坚实的基础。

新的十年，新的机遇，新的挑战，新的征程。

谭薛珍喜欢研究毛泽东思想。特别是在企业发展最困难的时候，在人生处于最低谷的时候，她就去研究长征精神。在她看来，毛泽东是一个具有非凡战略性思想的领导者，在军事和思想上有很多东西是值得她学习和借鉴的。长征精神，则能在精神上给予她激励。

秋收起义后，毛泽东率工农武装上井冈山。面对四周白色恐怖和根据地的艰苦生活，一些人对农村红色革命根据地和中国革命前途产生了疑问，不相信革命高潮有迅速到来的可能，提出了"红旗到底能打多久"的疑问。为此，毛泽东主席发表了著名的《星星之火，可以燎原》。在文中，他进一步阐述了农村包围城市，武装夺取政权的理论，及时扭转了一些人对大革命的悲观情绪和动摇思想。

凌飞创立十年，所经历的种种，与红军长征及井冈山的经历较为相似。

首先是凌飞的改革。凌飞的改革，可以说是凌飞发展史上最为关键的历史转折点，在关键时刻挽救了凌飞，为凌飞的后续发展奠定了根基。

改革，是一场自上而下的变革，所到之处，势必伤筋动骨，带来阵痛。为此，有人对凌飞的未来感到茫然，思想上开始动摇，一部分高管、员工也开始逃离；其次是谭薛珍每况愈下的身体状况，有人担心她有一天不能再坚持下去。对大部分员工及管理层来说，他们对没有谭薛珍的凌飞，并不持乐观态度，一度人心浮动。

人心思变，谭薛珍早已察觉，一开始，她没有多少时间和精力去处理。凌飞改革进入尾声，谭薛珍才腾出精力和时间，重新审视和思考企业的改革利弊以及未来的发展路线，然后根据凌飞的实际，结合她对企业的思考，在一次企业内部培训会议上发表了《凌飞红旗能立多久》的文章。

在《凌飞红旗能立多久》一文中，谭薛珍重点阐述了凌飞的精神、文化，对过去进行了深刻总结，对未来进行了展望，同时提出了一些具体要求。现摘抄部分内容如下：

"敢于坚持真理，敢于讲真话，敢于自我批判。在没有深刻认识事物本质之前，不要随便发表自己的观点，不哗众取宠。"

"坚持艰苦奋斗，一个不懂得艰苦奋斗、不实践艰苦奋斗的团队，注定是失败的团队。"

"我们是否考虑过，如果有一天，公司销售额下滑、利润下降，甚至破产，我们怎么办？我们的太平日子太长了，和平时期升的官也太多了，这也许就是我们的灾难。这么多年来，我天天思考的都是失败，对成功视而不见，也没什么荣誉感、自豪感，只有危机感。因为我相信失败的这一天一定会到来，这是我毫不动摇的看法，也是历史规律。为了让这一天晚一点到来，我们现在就必须想办法，大家一起来想，就想一个问题：要怎样才能让我们活得久一点，让失败来得晚一点？"

"我们可能活不成了。现在家电行业总的来说非常困难，主要是商品过剩和气候变化。以前因为技术门槛挡住不少想进入电风扇行业的人，现在技术门槛也没有了，只能靠市场推广，产品低价也卖不出去，这种恶劣的环境至少还会维持2—3年。"

"'苟利国家生死以，岂因祸福避趋之。'这是林则徐在流放途中所发的感慨。一个封建社会的士大夫，就有这样的高贵品德，生活在新时代的我们，难道还会因祸福来决定我们对事业的态度、对管理的责任吗?"

"只有有牺牲精神的人,才有可能成为将军;只有长期坚持自我批判的人,才会有广阔的胸怀。'每日三省吾身',自我批判,就是克服'幼稚病'的良方……我们应该不断学习,不断提高认识事物、认识问题的能力。学明白了再去创新,一点一滴、一步一步走向成熟。"

《凌飞红旗能立多久》与毛泽东当年的文章类似,只不过毛泽东在文中体现的是革命乐观主义精神,谭薛珍流露的是惶者生存的危机意识。在谭薛珍设计的凌飞文化里,艰苦奋斗等老一辈革命思想成为了凌飞的主旋律。

《凌飞红旗能立多久》一文,给予了凌飞员工精神上的指引,初步回答了那些对凌飞未来不抱信心者的疑问。但是,要想从根本上解决这个问题,彻底消除一些人的动摇心理,就必须在理论和组织上做更多更大的努力。为此,谭薛珍在佛山市禅城区智慧新城购买了一套新的办公楼,于 2014 年 2 月在凌飞电器贸易部的基础上,成立了佛山纳信贸易有限公司,独立于凌飞电器,走上一条多元化持续发展的道路。

纳信贸易实际上就是凌飞电器的防火墙。工厂优势在于生产。贸易擅长的是销售。

工厂涉及的工作很多,如产品研发、原材料采购、生产管理、销售服务等。诸多环节环环相扣,任何一个环节的疏忽,都会影响整个工厂系统的运作。其中,生产是根本,销售是关键。

如果将生产和销售分开，专门成立贸易公司负责销售，使工厂的生产不受外界干扰和冲击，从而专心搞好生产、把好产品质量关、提高生产劳动效率、降低生产耗能、研发最新产品。贸易公司则专心研究市场营销、市场策略、促销方案、挖掘客户资源、做好客户关系、提高产品的市场份额和占有率。

佛山纳信贸易有限公司成立之初，并不被人看好。"当时很多人不理解，认为我又是在瞎折腾。我理解他们的不理解，因为他们不爱学习，拒绝新生事物，同时看重眼前既得利益，思想已经与时代脱节，我并不怪他们，只希望他们能够多花时间去学习，主动提升自己，这样才不会被别人取代。企业也是这样，如果不紧跟时代发展潮流，必然会消亡。"谭薛珍坚信自己的决策。

海纳百川，诚信天下。佛山纳信贸易有限公司不但是凌飞的防火墙，也是谭薛珍全球计划的第一步，以海纳百川之胸怀，诚信天下之胆识，助小家电行业走向全球，融入未来。

世界经济重心在中国

叶红键再次面临人生重大抉择。

叶红键是谭薛珍的小妹夫。1991年，叶红键从暨南大学毕业后，应聘苏联驻澳门的一家钟表公司工作。苏联解体后，叶红键加盟澳门电信公司，负责采购。两年后，专注于电信公司财务，及固定资产投资等方面的工作。

一个人长期待在同一个环境，长期从事单一的工作，因为轻车熟路，容易滋生惰性，久而久之，就会失去对工作的新鲜感，其思维方式和工作思路也容易模式化，从而失去创新精神，失去斗志。叶红键对此深有体会。他不敢想象自己失去斗志和激情之后会变成什么样的人。因此，在澳门电信公司工作满九年之后，叶红键毅然离开，转而进入香港叶氏化工，参与澳门叶氏化工新公司的筹建。

2013年，谭薛珍向叶红键抛去了橄榄枝，希望他来凌飞参与贸易进出口公司的管理。

香港叶氏化工是一家大型跨国企业集团，拥有先进的管理经验和完善的薪酬体系，条件十分优越。在叶氏，叶红键不仅拓展了自己的知识领域，他的才智也得到了充分发挥，工作上得心应手，事业上的成就也令人瞩目，故对谭薛珍的召唤没有给予积极回应。

习近平总书记在庆祝中国共产党成立95周年大会的讲话中指出："我们要以识才的慧眼、爱才的诚意、用才的胆识、容才的雅量、聚才的良方，广开进贤之路，把党内和党外、国内和国外等各方面优秀人才吸引过来、凝聚起来。"作为优秀的民营女企业家，谭薛珍有海纳百川、包容万象的胸怀，有识才的慧眼、爱才的真心、用才的胆识、容才的大度、求才的良方。她所着力

谭薛珍（中）在纳信慈善基金成立庆典晚宴上率嘉宾及公司高管致祝酒辞

打造的"凌飞学校",就是培养人才的"聚宝盆",聚天下英才而用之,努力推动凌飞事业的腾飞。

凌飞的第一名员工贾志辉,来凌飞之前,一无所有,且身无长物,因在珠海与人打架斗殴,走投无路,适逢凌飞招工,故而投奔凌飞。

没多久,贾志辉被委任为凌飞人事专员,负责员工招聘。那时,大部分工厂招聘新员工,一般都要求新员工在试用期缴纳押金,用作生活费和培训费。

凌飞电器规定,新员工试用期为三天,三天之内,员工决定离职,押金全额退还。三天试用期过后,员工要求离职,押金不退。

2004年1月21日,一名在凌飞工作了五天的新员工对贾志辉说他不干了,要求退还押金。厂规十分明确,新员工已经过了退还押金的期限,故贾志辉不退。员工坚持要求退还。彼此年轻气盛,言辞之间火药味十足,双方争执不下。在该员工的一再纠缠下,贾志辉不胜其烦,冲动起来,突然上前拧住对方就打。

谭薛珍刚好路过,看到这一幕,立即上前,想制止贾志辉。

贾志辉力气太大,谭薛珍没有拉住。喊他住手,他全然不听。

新员工被贾志辉打得全无招架还手之力,很快就被打倒在地。贾志辉仍不解恨,直到被众人强行拦住才作罢。

事后,谭薛珍把他叫到办公室,对他说:"小贾,你作为人事主管,处理事情却这么冲动,连我都拦不住你,这样的性格是不能胜任这份工作的，打人更是不对的，你必须马上去给人家道歉。还有，希望你在一个星期之内把人事工作移交清楚，然后去一线再锻炼锻炼。"

"好的。"这时，贾志辉已经冷静下来，也意识到了事态的严重性，连老板都拦不住，真是无法无天。这种不计后果的鲁莽性格，实在太可怕。

"我很感谢谭总，当时我犯了那么大的错误，她都没有开除我，还给我一个去一线锻炼的机会。"

谭薛珍的宽容，深深地影响了贾志辉的一生。

2005 年，凌飞引入竞选机制。即每年在一定时间内，将公司所有管理岗位重新归零，面向全体员工，重新竞选。由员工自己报名，全体员工投票，公平竞选，总经办评估，优胜者上岗。

管理岗位竞争上岗是用人制度的尝试和革新，有利于打破原有"铁饭碗"的用人机制，创造条件让有能力的人才上台施展才华，把德不配位、慵懒履职的管理人员淘汰出局。管理岗位竞争上岗既是一种选拔方式，同时还承载着组织内部人才发展文化建设的大任。

贾志辉在一线通过一年的磨炼，于 2005 年报名竞选拉长一职。

拉长是工厂生产线上的一个职位。生产线在工厂里面称为"拉"，每条"拉"都有一名负责人，负责人就叫"拉长"。

通过民意测评，贾志辉胜出，成功竞聘为拉长，成为基层管理干部。

三年后，贾志辉挑战中层管理岗位，顺利竞聘为车间主管。

又三年后，贾志辉再次挑战厂长之位，最终在众多竞聘者中脱颖而出，荣升为厂长。贾志辉的人生之路及在事业上所取得的成就，虽有他自身努力的结果，但更多来自于谭薛珍的宽容与引导。

"我在凌飞电器基本上是三年一个台阶，首先关键是有凌飞电器这个平台，有谭总对我的包容和教育，是谭总培养了我。我来凌飞之前，从来没有进过工厂，基本上是在社会上混的，说得难听点，就是地痞流氓，弄得大家都很怕我，而不是尊重我，那时候觉得自己很了不起，一言不合就动手。直到进入凌飞，我才得到了真正的尊重，我的人生也才有了真正的意义，所以我说是谭总改变了我的人生，把我从邪路上拉了回来。"多年后，贾志辉如此说。

贾志辉这样的"地痞流氓"都能"百炼成钢"，成为一厂之长，可见谭薛珍之胸怀与胆识。

纳信贸易有限公司成立后，谭薛珍更是求贤若渴。她深知，企业可持续发展最重要的因素之一，便是人才。企业间的竞争归根结底是人才的竞争，人才是企业的第一资源，是科技进步和社会经济发展最重要的资源和最主要的推动力。在当今竞争日益激烈的大环境下，集聚优秀人才才是企业生存发展之根本。纳信贸易亟须叶红键这样拥有跨国企业管理经验和国际视野的专业人才。因此，谭薛珍三番五次地召唤叶红键。

谭薛珍的建议，叶红键认真思考过。他虽是内地人，但在澳门工作和生活时间太长，习惯了那边的环境和文化，而且在那边安了家，立了业，日子也过得很舒坦。如果在这个时候贸然回来，等于要从零开始，从头再来。且不说文化差异、环境氛围等方面能否适应，单是那珍爱的家人和幸福的家庭，又该怎么办？

叶红键左右两难。

谭薛珍理解叶红键的心理，对他说："将来世界的经济重心在中国。因为中国人口规模世界最大，市场潜力无限。而现在的发达国家，都陷入了发展瓶颈，发展空间有限。中国才刚刚起步，未来不可估量，老百姓的收入也有很大的增长空间，市场需求巨大。以前香港、澳门同胞瞧不起大陆，现在你看香港、澳门的明星、医生、工程师们都跑到大陆来淘金了，商人也回大陆投资办厂兴办实业了，世界 500 强企业都来到了中国，如果你再不回来的话，那就赶不上中国这趟经济发展快车了。"

"将来世界经济的重心在中国。"谭薛珍并不是信口雌黄。OECD（OECD 即经济合作与发展组织。是英文名 Organization for Economic Co-operation and Development 的简称，中文简称经合组织。是由 35 个市场经济国家组成的政府间国际经济组织，旨在共同应对全球化带来的经济、社会和政府治理等方面的挑战，并把握全球化带来的机遇）秘书长 Angel Gurría 也曾在为《中国经济的长期表现公元 960—2030》所作序言的开篇语中有过这样的描述："当历史学家回顾我们所处的时代，可能会发现几乎没有任何国家的经济发展可以像中国的崛起那样引人注目。可是，当他们进一步放开历史视野时，他们将看到那不是一个崛起，而是一个复兴。如今，中国可能正在变成世界上最大的经济体。"

事实上，中国制造业产值在 2011 年已占到世界制造业总产值的 19.8%，超过美国位居世界第一。2012 年，中国制造业产值占世界比重的 1/5。从 2011 年起，中国正式取代日本成为全球第二大经济体，终结了日本对于世界第二经济大国宝座长达 42 年的垄断。中国的经济总量占全球经济比重近 10%。

世界经济重心在中国，指日可待。

对谭薛珍的分析和预测，叶红键非常认可，也开始动心。人在澳门，对大陆突飞猛进的发展，对大陆翻天覆地的变化，他还是有所耳闻，有所目睹。面对这一场前所未有的伟大变革，他只能在澳门冷眼旁观而不能亲身参与，心里总有那么一点遗憾，总有那么一点怅然若失。同时，谭薛珍这位姐姐在他心目中颇具传奇，极富魅力。如当年其公司流动资金仅 5 万元，第二天就要发工资了。账上没钱，财务很急，她却说忍忍吧，不用怕，明天就没有问题了。第二天，果然就没问题了。不管是奇迹还是巧合，叶红键都有一种感觉，跟着她，一定会前景光明。

当然，打动叶红键的，更多的是谭薛珍的大局意识和对行业的使命感，以及她对企业的经营理念。她的目的只有一个，就是希望帮助更多的小家电企业，把中国的小家电产品推广到海外，促进小家电行业转型升级，使之真正由"中国制造"升级为"中国智造"。

她以此为使命。

对叶红键来说，赚钱很重要，但不是唯一的目的，事业与人生的价值才是恒久的追求。

2014 年，是他在叶氏工作的第九个年头。九九归一，是时候去改变了。

40 多岁的人了，还要去重新开启一段新的事业。叶红键的夫人一直很矛盾。他们有三个小孩，大的已满 18 岁，小的才 9 岁。他们夫妻两人的观念是在孩子的成长阶段不缺席，要陪伴他们成长。在孩子们成长需要陪伴的时候却要离开家庭去一个新的地方开启一段新的征程，谁都不希望。叶红键夫人开始很反对，但后来考虑到这是姐姐的召唤，也就怀着一种矛盾的心理支持丈夫回大陆重新发展。

敢于将自己"归零"，一切从零开始。这对人到中年、事业有成的叶红键来说，无疑是一项新的挑战，需要巨大的勇气和毅力。

"既然目标是地平线，留给世界的只能是背影。"为了家人，为了家族，为了事业，叶红键回来了。

美国著名管理学学者托马斯·彼得曾说过，一个伟大的组织能够长期生存下来，最主要的条件并非结构、形式和管理技能，而是我们称之为信念的那种精神力量以及信念对组织全体成员所具有的感召力。

托马斯·彼得的思想，在谭薛珍身上得到了最好的诠释。

拥抱互联网

2014 年下半年，谭薛珍从新加坡做完手术回来后，继续去犹太商学院学习。

在犹太商学院，谭薛珍是一位"赫赫有名"的同学。曾有一位同学在《犹太商学院的故事——以前想也不敢想的事情，硬是给办成了》一文中如此描述：

犹太商学院有一个赫赫有名无人不知的同学，她就是谭薛珍女士。我们都亲切地叫她珍姐。

谭薛珍女士最近见到我们，总是眉飞色舞，因为她以前想也不敢想的事情，硬是给办成了！

谭薛珍女士是佛山凌飞电器的董事长，公司生产电风扇。据说，全国生产电风扇的工厂有几千家，竞争特别厉害。珍姐曾告诉我，在 2015 年，仅南海就有多家电风扇厂倒闭。全国就不知有多少家同类企业消失了。

在大风大浪里，凌飞电器的这艘大船，不但没有下沉，而是乘风破浪高速航行。2015 年，在行业惨淡经营中，珍姐的凌飞电器增长了 40%。

更令人惊奇的是，2016 年 1 月 15 日，凌飞电器在南海举办一年一度的公司年会，供应商、经销商等共 200 多人齐聚一堂，非常热闹！

年会现场，经销商们纷纷下单订货，并通过 POS 机向凌飞预付货款。当晚，凌飞电器共收到采购商们的预付款 800 多万元。

第二天、第三天又陆续进账几百万元……

犹太商学院院长潘伟成十分关注凌飞电器，在一次学习互动中，他问谭薛珍："谭姐，当企业发展到一定规模的时候，您凭什么去保障您的企业能够持续稳健发展？您有没有去想过这个问题？"

谭薛珍刚从新加坡做手术回来，正处于手术排斥期，大脑经常"断电"，一片空白，每天只有在吃了药之后，大脑才有两个小时左右的时间处于清醒状态。那段时间，用浑浑噩噩来形容她，毫不为过。有时候，人在课堂上，她却不知道老师在讲什么，也不知道自己在干什么。

老师点名提问，她一开始没有反应过来，在同学们的提醒下，她才回答说："老师，我来这里学习，就是希望您能给我一个方向。"

潘伟成老师说："我一直在关注凌飞的发展，你们现在开始做贸易，您有没有想过将你们的贸易往互联网方面拓展？"

谭薛珍茫然地问："这样行吗？"

在当今世界民族之林中，犹太民族是一个相当耀眼而特殊的存在。犹太人特别具备商业与金融天赋，在商业与金融领域屡创奇迹。如今犹太人大约有 1400 万人，仅占世界总人口的 0.2%，却长踞《财富》杂志富豪榜的顶端。以罗斯柴尔德为首的犹太财团把持着世界经济的命脉，决定着世界经济的宏观走向。

谭薛珍赴犹太商学院学习，就是希望学习犹太民族的精神，学习犹太人的智慧，学习犹太人如何创造奇迹。

受潘伟成老师指点，谭薛珍才突然发现，互联网已如同空气、水和电一般，无处不在。它在合适的时间、合适的地点，将合适的信息以合适的方式传送给合适的人，使人们的工作、学习、生活方式发生了根本性的变化。

无论你认识不认识、融入不融入，你都不可以脱离网络而存在，你都避不开网络对你生存方式、交往方式、劳动价值创造方式的影响。

在互联网的迅猛冲击下，物联网、云计算、大数据等新技术与新模式，旋风般地冲击着现有的经济社会模式，彻底颠覆了人们对产业、产品、服务约定俗成的印象，传统的经济社会架构正在分崩离析，众多含有互联网基因的新企业和社会组织挥舞着炫目的新型商业模式，杀入一个个传统产业，一场场强与弱、新与旧、颠覆与反颠覆的竞争正在身边上演着，并引起了基于互联网的企业跨界、商业模式颠覆和产业融合。

置身于互联网时代，竟然没有学习互联网，没有拥抱互联网。谭薛珍自责起来，开始恶补互联网知识。

随着互联网的发展，通过一年多的学习，谭薛珍越来越激动。在她眼里，互联网不再是一张看得见或看不见的"网"，而是一个个商机、一座座金矿，在等待着她去发掘、去开采。

"八十年代，是时势造英雄。互联网时代，是英雄造时势。在互联网浪潮席卷全球的背景下，作为传统企业，如果还像以前那样循规蹈矩，守株待兔，不出三五年，连骨头汤都喝不上了。因为互联网时代就是一个'趋势为王'的时代！往者不可谏，来者犹可追。中小微企业不想被时代边缘化，就必须革故鼎新，主动拥抱每一个变革的符号。所以，我当时认为传统企业必须顺应时代潮流，积极拥抱互联网，树立互联网思维，只有做到与时俱变，才能做到与时俱进。"

谭薛珍迅速做出决定：拥抱互联网。

茫茫人海，滚滚车流；日光淡下，暮色朦胧；月色飘至，夜幕渐浓。

佛山禅城区季华一路28号智慧新城8楼。刚开完会的谭薛珍伫立于会议室落地玻璃窗前，欣赏城市夜景。黑色天幕笼罩下的城市像一片黑色的海，汹涌着万盏灯火。眺眼远望，各种建筑高低不一，造型各异，影影绰绰。璀璨斑斓的星光闪烁着迷离的光芒、五彩缤纷的霓虹灯点缀着城市，金光霭霭，绚丽多姿。

夜色很美，谭薛珍嘴角轻轻勾出一抹笑意，似乎好久没有欣赏过这样的夜色了。

只是，一个人欣赏这惬意舒心的夜景，似乎太过孤单。

低头俯瞰，川流不息的汽车灯光闪动，犹如一条长长的、亮晶晶的彩带在飘动。

它们将飘向何处？谭薛珍的心，困惑、迷茫起来。

佛山纳信贸易有限公司自成立以来，一直处于摸索之中，找不准定位，摸不着方向，摆脱不了传统贸易的阴影，发展方向严重偏离了她的初衷。她不得不重新思考：成立纳信贸易的目的何在？

谭薛珍的双眼还在眺望窗外，心已如电转。

互联网发展如火如荼，已全面渗透到零售、地产、金融、医疗等各个传统领域。凌飞这样的传统行业该如何拥抱互联网？拥抱互联网需要从哪些方面入手？如何让纳信贸易融入互联网？

"一带一路"，谭薛珍大脑中突然浮现了报纸、电视及互联网上不断出现的"一带一路"。"一带一路"是习近平总书记从全局利益出发，以高瞻远瞩的战略眼光提出的经济合作倡议，即"丝绸之路经济带"和"21 世纪海上丝绸之路"，旨在加强与欧亚非国家之间的交流与合作。2013 年 9 月 7 日，习近平主席在哈萨克斯坦纳扎尔巴耶夫大学发表演讲时表示：为了使欧亚各国经济联系更加紧密、相互合作更加深入、发展空间更加广阔，我们可以用创新的合作模式，共同建设"丝绸之路经济带"，以点带面，从线到片，逐步形成区域大合作。同年 10 月 3 日，习近平主席在印度尼西亚国会发表演讲时表示："中国愿同东盟国家加强海上合作，……共同建设 21 世纪"海上丝绸之路"。

"一带一路"战略突显了中国在国际事务中发挥更大作用的决心，表明了与沿线各国和平合作、互利共赢的宏大经济愿景。

谭薛珍在杭州帕友大会上致辞

　　"'一带一路'涵盖近 60 个国家，贯穿欧亚大陆，并延伸至
大洋洲和非洲东部地区。整体建设所需要的投资预计将达 4 万亿
至 8 万亿美元，为全球企业带来了巨大的商机，无论是凌飞还
是纳信，都必须抓住这个机遇，搭上'一带一路'这趟时代的快
车。"谭薛珍心想，"经常听到一些企业家抱怨，说现在企业难做，
产品难卖，客户难找。有时并非品质问题，而是信息不对称，或
者是营销方式的墨守成规。事实上，每年都有那么多费时费力从
东南亚、中东等地区前来广州参加广交会的客户。一边是供过于

求,一边是求大于供,这样,我为什么不给他们搭建一个平台,优化产品流通渠道,实现资源高效配置,同时去掉中间环节,让国内外客商都能花最少的时间做更多的事情?"

"顺势者昌。我们必须搭上'一带一路'这趟快车,顺应新常态,拥抱互联网,借助互联网核心技术,用互联网思维去规划、发展纳信。"在一次内部会议上,谭薛珍对纳信的未来重新定调、定位,"我们除了做传统的线下贸易,拓展产品的宽度,还必须乘'一带一路'东风,通过互联网技术手段,做一个互联网平台,把'广交会'放到互联网上,帮助海内外客户开拓市场,促进整个小家电行业共同发展。"

2015年,纳信贸易重新规划,重新定位为网上"广交会",搭建小家电跨境电商平台。

定位清晰,方向明确,但在具体操作过程中,还是遇到了许多前所未有的困难,走了许多弯路,进展十分缓慢。

叶红键回忆说:"我们从2015年末开始筹建小家电电商平台,2016年着手找外包公司做互联网技术平台的开发。但从2016年年初到年中,我们还是有很多困扰,虽然我们的定位是做一个平台,但到底要做一个什么样的平台?是 B TO B 的平台还是 B TO C 的平台?我们很困惑,花了大半年时间去思考这个问题。通过长时间的调研与探讨,最后我们决定做一个国内的 B TO B 平台。这一决定差点让我们误入歧途。因为做国内的 B TO B 平台的话,势必与已有的 B TO B 平台正面竞争,而且我们根本没有竞争优势。后来,幸亏谭总及时给予纠正。她说不行,不能这么干,不能把我们的战略目标局限于国内,我们要面向全球,搭建连接国内外的桥梁,至于是 B TO B 还是 B TO C,你们自己去考虑。"

"关键时刻,谭总及时纠正了我们的战略方向,如果我们把定位定在国内的话,那我们就是在红海里竞争,根本没有优势可言,所以我们现在的战略目标很清晰,就是一个小家电垂直平台,这种平台,在国内目前来说还是没有的,这就是我们的一个生存空间,是一个蓝海,现在阿里巴巴这些大型跨境电商也开始在海外布局,这就直接证明我们走的方向是对的。所以,我觉得谭总的战略是很成功的,别看谭总她好像不懂互联网,但她能从战略高度去分析和研究互联网趋势及商业模式,在关键时刻为我们指明正确的方向。"

"天下武功,为快不破"。武林江湖里流传的这句话用在互联网时代也是一样的道理。对于夹缝中求生存的后来者而言,速度和创新永远是与巨头抗衡的最大优势。

为快速搭建平台,抢占互联网制高点,谭薛珍还请来了犹太商学院专家团队助阵,共建平台,共谋发展。

万事俱备,只欠东风。这东风,就是平台上线启动仪式。

平台上线启动仪式,还得请一个人。

我有帕金森

这世界，我来了！

任凭暴风骤雨，不管漩涡激流！

这是爱的承诺、爱的拥抱！

让我看到了阳光闪烁

就算生活给我再多无情的苦痛和折磨，

我还是觉得，幸福更多！

因为，有你们的关爱！

我将，不离不弃！

——谭薛珍

谭薛珍要请的人，就是一直在支持和帮助凌飞的人——周千定。

周千定，广州万宝集团有限公司党委书记、董事长，松下电工（中国）有限公司董事长，是改革开放以来中国第一批家电行业的开路先锋。

"我非常感谢万宝，如果没有与万宝的合作，也就没有今天的凌飞。"纳信小家电跨境电商平台上线启动仪式对中国小家电行业来说，具有极其重要的历史意义和影响，如此盛会，又怎能少得了与纳信渊源极深的万宝及一直以来给予支持和帮助的万宝集团董事长周千定如此尊贵的客人呢?!

谭薛珍决定亲自前往万宝,诚邀周千定出席见证纳信小家电平台上线启动仪式。

凌飞电器自2006年开始与万宝合作,到2016年,已整整十年。周千定虽然没有去过凌飞电器,但对凌飞比较关注,因为这十年来,在万宝电器众多合作方中,凌飞电器的表现及成绩一直可圈可点,多次引起了周千定的注意。对谭薛珍其人,周千定却知之甚少,故对谭薛珍的亲自前来,略感意外。

谭薛珍来到周千定办公室,简单的欢迎仪式过后,双方分宾主落座,周千定的秘书端上香茗转身离去后,谭薛珍便直接开口:"周董……"

周千定微笑着欠身静听下文。谭薛珍却再无下文,空气似乎一下子凝固了,办公室静得连掉下一根针的声音都能听到。

周千定愕然,抬头看了看谭薛珍,见其一脸尴尬和难受,有点坐立不安的样子。"她这是怎么了?"周千定在心头寻思。

静默了几秒钟,谭薛珍说:"周董,不好意思,我有帕金森病,有异动症。"原来,谭薛珍刚一坐下,异动症就出现了,一下子说不出话来。待异动症得到勉强控制后,谭薛珍本想接着说明她的来意,但又怕周千定误会,认为她轻佻、不稳重,故临时转换话题,直言相告自己有帕金森病。

"原来如此!"周千定释然,忙说:"没事,没事。"

虽是第一次见面,但周千定对谭薛珍肃然起敬起来,一位患有帕金森病的女人，不但时时刻刻要与病魔抗争，还要经营企业，真不简单。

有人说："世界上有三样东西隐藏不了，咳嗽、贫穷和爱情。"而对帕金森病患者来说，罹患帕金森病这件事，隐藏的难度也不小。

据英国广播公司报道，慈善机构"帕金森的英国"的调查显示，在英国超过 1/3 的帕金森病患者都隐瞒了自己的病症。相比高血压、糖尿病等慢性病，帕金森病具有更多的外在肢体表现，对患者的日常生活和社交有着更大的影响。除了至亲密友之外，患者最不想让别人知道的事就是自己已经被帕金森病"缠上"，往往期望能够在外人面前维持健康的，甚至可胜任工作的形象和必要的尊严。因此，谭薛珍能够坦然地宣称自己有帕金森，这无疑是一次生命的跨越。

从拒绝到接受到坦然，历经了生与死的考验、血与泪的洗礼、灵与肉的煎熬，更加体会到了生命的可贵，更加懂得了感恩与惜缘。

曾有一种帕金森病患者使用的卡片上面有这样一句话："我患有帕金森病，可能会行走缓慢或不稳，也许会不能清晰地说话和书写，但我能听到并理解您的话，请保持耐心"。帕金森病限制了患者很多活动的能力，坦然地说出来，接受别人的帮助，实际上也是在帮助别人，可以让别人了解帕金森，从而尊重和帮助帕金森患者，进而尊重和帮助他自己。

谭薛珍勇敢地说出自己是帕金森病人，赢得了周千定的尊重。周千定欣然接受了她的邀请。

爱在天地间

凤舞丝路

歌唱生命

爱在天地间

这份爱，温暖在你我心里

帕友别怕

爱，让生命不再颤抖

嗨，唱起来

为爱奔跑

永远在路上

凤舞丝路

金秋送爽，云淡天高。

2016 年 10 月 21 日，佛山南海南国桃园枫丹白鹭酒店，群贤毕至，商贾云集。

"犹太·中国第九届互联网＋跨境电商联盟千人资本峰会暨纳信跨境电商平台"上线启动仪式如期举行。在国内外数百家小家电企业及媒体的共同见证下，佛山纳信跨境电商平台成功启动。

在启动仪式上，谭薛珍感慨万千，即席发言：

近年来，受国际经济下行压力影响，国内小家电市场竞争愈发残酷。随着国家去产能和环保、品质方面的强力推进，用户对产品的要求也越来越高，小家电行业正面临新一轮洗牌。现在，互联网给人们带来了互联互通，带来了开放、合作，构成了谁也离不开谁的命运共同体，让世界真正成为一个"地球村"。互联网时代的到来，也开启了"小虾米也可以斗大鲸鱼"的时代。这为我们中小规模的小家电生产商、采购商提供了以小博大、争取平等、跨步向前、提速反超的契机。因此，积极拥抱"互联网＋"，转型升级成为我们传统小家电行业必走之路。我们搭建纳信跨境电商平台，就是响应国家号召，顺应时代潮流，是在经济逆潮中肩负行业使命，希望与其他电商平台抱团发展，共同走出国门。

当然，要想在群雄逐鹿中脱颖而出，靠个体的力量还远远不够，我希望所有的原材料和零部件供应商、生产商、品牌商、外贸出口商，还有今天来自国外的采购商，及协调全局的行业协会，组成同一阵线，共同发展。

曾经有人问我，为什么要搭建这么一个平台。说实话，当时我们并没有清晰的定位，只是感觉到身处互联网时代，我们做小家电的企业要想在残酷的市场竞争中拥有一席之地，就必须要有一个类似这样的平台。因为我每天都看新闻，从新闻中了解党和国家的路线方针政策以及社会发展趋势，这也是我们做事业的前提。现在国家倡议和推进的"一带一路"建设，对我们小家电行业来说，是千载难逢的发展机遇，也将带来更多的竞争和挑战。搭建一个类似的平台，既能促进小家电行业更加深入融入"一带一路"建设，又能让整个小家电行业互利合作，共享繁荣。这就是我创建这个平台的初心。

当时我们也没有太大的把握，但诚如李嘉诚所说："一个新生事物出现，只有5%的人知道时赶紧做，这就是机会，做早就是先机；当有50%的人知道时，您做个消费者就行了；当超过50%时，您看都不用去看了。"所以，我只要有想法，觉得对社会、对公司、对供应商和客户都有利，能做到"四赢"，就可以马上去做了。

今天我们联手举办这次活动，一方面，希望让利新老合作伙

谭薛珍每年邀请数十名帕友参加公司各项活动

伴，强强联手，形成加乘效应；另一方面，通过这个新平台，让
大家拓宽市场，增添客源，获得把蛋糕做大的机会。蛋糕大了，
大家自然能在分享蛋糕的过程中受惠，而不再需要为了一个小小
的蛋糕你争我抢，最终导致两败俱伤……

　　从某种意义上来说，纳信小家电跨境电商平台就是互联网
上的一个蛋糕，互联网无限大，这个蛋糕也可以做到无限大。蛋
糕大了，可供分享的人就多了，份额也更足了。

　　凌飞因万宝而发展。峰会上，作为凌飞电器的重要嘉宾，广州万宝集团董事长周千定对凌飞电器的发展给予了充分肯定。在致辞中，周千定说：

万宝集团是我国最早、最具规模的家电企业，目前已有30多年的历史。一直以来，万宝集团秉持实业报国的理念，注重品牌的自主创新，连续14年排名中国500强。

万宝集团和凌飞电器从2006年开始合作，至今已有10年，一直保持着友好的合作关系，见证了凌飞电器从一个小厂发展成为集制造贸易于一体的大型企业。未来，万宝集团将一如既往地支持纳信贸易的发展，全力助推纳信贸易走向国际市场。

海外归来，带着跨国企业的先进经营理念，全力投入跨境电商平台打造的纳信贸易总经理叶红键除了激情，还多了一份感情。在介绍纳信跨境电商平台时，首先简单介绍了纳信跨境电商平台的功能。他说："纳信小家电跨境电商平台集小家电生产商、贸易商、信息流、资金流、物流、跨界商流以及国内外消费者于一体，配备产品设计、物料采购、生产管理、品牌塑造、市场营销、物料配送、报关报检、保险赔付等多个功能板块，可为制造型企业提供优化服务，节约企业运营成本，提高产品在目标市场的渗透力。贸易商可透过平台便捷搜索小家电产品，精准采购。为了帮助贸易商开拓终端市场，平台还推出了行业数据库、采购代理等服务，可为各类企业量身定制完善的解决方案。"

接着，叶红键用数据说话："中国市场已是红海，而海外还是竞争的洼地。我们中国电风扇产能约占全球的 90%，2014 年的中国电风扇产量 1.65 亿台，出口 9400 万台，近 40% 的产能留在中国，而中国人口仅占全世界的 22%。纳信跨境电商平台愿做新时代下企业的'红娘'，利用自身资源优势，对接国际需求，以解决中国高热产能问题，将中国最好的产品销往世界各地。纳信跨境电商平台之所以能够帮助企业实现转型升级、实现电风扇行业走出国门的梦想，是因为它有凌飞电器这个实体支撑。凌飞电器经过十多年的发展，已在产品研发、生产管理、质量把控等方面积累了丰富的经验，拥有覆盖近 200 个国家和地区的客户群体及庞大的数据库和销售网络，这些资源和渠道全部纳入纳信跨境电商平台，让平台内的所有客户共享，使之在进行战略分析时更加精准，定位更加清晰，在产品及市场开发等方面更加轻松。同时，纳信环球依托庞大的实体企业资源，并与行业协会保持紧密合作，保证平台'接地气'，急小家电供应商所急，帮小家电采购商所需。平台可为有意涉足外贸的小家电企业破解三大痛点：一是找不到海外订单和优质大买家；二是在设计、质控、供应链管理、资金链方面心有余而力不足，丢掉订单；三是外贸经验不足，无法接单。"

最后，叶红键以充满激情的口吻说："现在，我们的发展方向和思路非常清晰明确，在今后的两至三年内，我们将继续投入 1000 万元用于平台建设，以佛山市为大本营，辐射全球 200 多个国家，将纳信跨境电商平台打造成为一个在财富创造、领域辐射、开拓创新等方面都前景无限的宝贵平台，正如同谭薛珍董事长描述的那样：'海纳百川，诚信天下，为中国小家电企业的发展贡献力量，给'Made in China'镀上更加闪亮的色彩。'"

纳信，取"海纳百川，诚信天下"之意。

如果说"一带一路"是一列开往全球的经济快车，为沿线各国人民带来幸福美好生活。那么，纳信跨境电商平台就是这列快车上的一节车厢，装载着中国小家电产品驶向世界各地。

然而，任何一个新事物的出现，一定会受到一部分人的欢迎，也会遭到一部分人的压制。

对于一部分人来说，他们会利用这些新事物去实现自己的梦想。因为这些事物被认为是他们的工具、机会。

对于一部分人来说，他们会阻碍，因为现在他们生活得还不错，不想因为一些新事物的出现去争分他们的利益。

纳信跨境电商平台也是如此，在谭薛珍刚开始提出建设纳信跨境电商平台的时候，有人欢迎它，拥抱它；有人反对它，阻碍它，认为现在没有纳信跨境电商平台，他们照样可以过得很好，尤其是一些既得利益者。

纳信跨境电商平台上线启动仪式顺利举行，并不表示纳信跨境电商平台今后的发展可以一帆风顺。谭薛珍非常清楚，在欢呼声的背后，有更多的怀疑者和反对者，包括公司内部。但谭薛珍相信，当新事物的发展逐渐被人接受了，成为一种趋势了，一些人才意识到它的重要性，有的人才后悔当初为什么没有发现。然后加大投入进行布局，有的可以跟上，有的就只能望洋兴叹了。

肩上纵有重担千斤，前路如何任重道远，谭薛珍还得继续跋涉。

"距离已经消失，要么创新，要么死亡。"市场永远偏爱矢志不渝的创新者，财富永远眷顾布局未来的前瞻者。日新月异的互联网时代，因循守旧已是秋风萧瑟，而创新变革却在洪波涌动。企业继续墨守成规而无视或拒绝变革，被残酷的市场竞争淘汰只是时间问题。互联网技术革命一浪高过一浪，信息大爆炸更是席卷而来。对传统企业而言，"产品为王"的时代已经结束，"数据为王"的时代刚刚到来；"单打独赢"的时代刚刚结束，"共赢共享"的时代已经来临。

纳信小家电跨境电商平台，就是"共赢共享"时代的"共赢共享"典范。它借助于"互联网＋"，依托互联网技术，搭建"共赢共享""大数据"信息平台，使互联网回归到服务实体经济的本质上来，服务于传统企业，从而促使传统企业在转型升级的同时，提高管理效率，变革营销模式，构建新型厂商关系，促进生产力产生质的飞跃。

市场是最好的试金石。具有生命力的项目，必须经得起市场的考验。

纳信小家电跨境电商平台是否经得起市场的考验？2017年4月20日，纳信小家电跨境电商平台推介会在佛山皇冠假日酒店隆重举行。来自美国、哥伦比亚、约旦、坦桑尼亚、缅甸等18个国家和地区的供应商、采购商云集现场，及《南方日报》《广州日报》《南方都市报》《珠江商报》、佛山电视台、佛山电台等多家省市级媒体及网易、搜狐等主流门户网站记者现场报道。

据了解，推介会现场有30多家小家电企业达成进驻意向，

10 家企业签订进驻协议，当日共签下 1.2 亿元交易订单。这几个关键数字，足以证明纳信小家电跨境电商平台还没有上线，就已经得到了市场的高度认可，得到了供应商、采购商们的积极响应，可以说取得了空前的成功。

纳信小家电跨境电商平台，将让全球贸易更轻松。"现在我们的计划是每年递增 30% 以上，纳信平台今年的出口目标是 130 万台电风扇，销售额不少于 1 个亿，而今天的峰会成交 1.2 个亿，已经提前完成了全年的目标，所以我们对纳信的未来很有信心。如果纳信平台上线的话，那我们的销售额会成几何级的增长，因为我们不仅有自己的产品，还有其他厂商的产品。"在峰会现场，谭薛珍的儿子何建成很自豪，同时信心满满。

在当日推介会上，还有一个意外的收获。

一位来自沙特阿拉伯的采购商在听完叶红键对平台运作理念的讲解之后，双眼放光，马上走到主席台前，把刚走下台的叶红键拉到一边，急切地说："I want to cooperate with you and make a copy of your platform to Saudi Arabia（我要跟你们合作，把你们的平台复制到沙特去）。"

叶红键问："Why do you want to work with us（您为什么要跟我们合作）？"

对方说："First, I believe that the idea of your platform is very good（第一，我觉得你们这个平台的理念非常好）。"对方说，"Second, Alibaba from China and Amazon from the United States have started their business in the Arabic language speaking countries.

The time has come. So I hope to cooperate with you，launching a professional household electric appliances e-Trade platform in Saudi Arabia（第二，你们中国的阿里巴巴和美国的亚马逊已经开始在我们阿拉伯语系国家布局了，现在适逢其时，所以我希望跟你们合作，在阿里巴巴和亚马逊之前落地我们沙特，做一个垂直专业的小家电跨境电商平台）."

叶红键问："What can you do to work with us（你凭什么能跟我们合作）?"

对方答："First，We know the local language; Second，We understand the local laws; Third，We are familiar with the local culture，and have customer resources and excellent channel network，which ensure that we can integrate all the customers（第一，我们懂当地的语言；第二，我们懂当地的法律；第三，我们熟悉当地的文化，拥有客户资源和完善的渠道网络，可以把他们都整合进来）."

"谭总之前对我说过一句话，说未来的竞争是平台与平台之间的竞争，我们小家电作为传统行业，如果能拥抱一个强大的平台，就会焕发出强大的生命力。现在很多传统企业因受诸多因素限制，或缺人才，或缺市场，或缺品牌，今天这个意外的收获，再次验证了谭总的战略眼光。现在我们正在跟沙特客户洽谈合作模式，如果纳信在沙特试点成功的话，那我们的模式就可以迅速推广到海外，复制到全球。"事后，叶红键不无欣慰地说。

"十年磨一剑，霜刃未曾试。"

"今日把示君，谁有不平事？"

歌唱生命

万宝集团董事长周千定确定出席纳信小家电跨境电商平台上线仪式。不辱使命，谭薛珍如释重负，心情十分愉快。

回到公司后，她突然头痛起来，感觉全身肌肉痉挛、僵硬，异动症十分严重。

病情加剧了吗？这是怎么回事？

谭薛珍飞赴新加坡医院检查。医生例行检查之后，对谭薛珍说："你这样子不行，必须抓紧锻炼，要么唱唱歌，要么做做运动。你别以为这病做了手术就很好，这是错误的，这是一个需要长期控制的病。控制得好，症状会减轻。控制得不好，症状就会加重，所以，你必须把心态调整好，必须要做点什么。"

"原来如此。"谭薛珍明白了，前段时间她去欧洲进行为期11天的商务考察和旅游，一路上感觉到非常辛苦，非常累，如果不是改坐空中巴士和改签头等舱，那能否顺利回来还是一个未知数。

谭薛珍明白了健康的重要性。她的健康，已经不属于她自己。她不但是一位帕金森病人，还有另外一重身份——企业家。

企业家有企业家的使命，有企业家的责任。公司有四五百

演唱中的谭薛珍

名员工，每一名员工都有一个家庭。她必须为这四五百个家庭的幸福负责，这是她的社会责任。

从新加坡回来之后，谭薛珍开始练习唱歌。

音乐，是心灵盛开的花朵，能让人在迷茫中看到希望，让人在困惑时感受到阳光，能振奋人心，让人励志奋发、勇往直前、积极向上。一首悠扬的乐曲，一首动人的歌谣，能给心灵疗伤，能给灰暗中的人照亮前进的方向。

音乐，于谭薛珍来说，则是生命的救赎。

帕金森病是中枢神经系统的退行性疾病，主要表现在运动症状，如震颤、运动缓慢、平衡失调等。同时有很多非运动症状也是影响帕金森病人生活质量的重要因素。如语音障碍就是其中之一。

据了解，60%—80%的帕金森病患者存在语音障碍，声音变小、构音单调、声音的强度和音调降低，发音短促、呼吸及吞咽障碍等问题。唱歌可以训练患者的发声，利于改善肌肉之间的协调性和灵活性；可以锻炼肺活量，有利于改善说话底气不足，还能预防肺炎的发生；歌曲的乐感和节奏还利于患者把握韵律，在进行步态训练时可以帮助患者控制步行的节奏，从而改善帕金森病所特有的"慌张步态"；再者，唱歌作为音乐治疗的一个方面，还可以调节患者的情绪，改善焦虑症状。

谭薛珍刚开始学唱歌时，吐词不准，五音不全，总是跑调。尽管如此，她每天都要坚持唱几个小时，有时一天连续唱五六个小时。在工厂唱，在家里唱，在公园唱，在唱吧唱，开心时唱，痛苦时唱……只要有机会，只要有时间，只要方便，她就"忘情"地唱，边唱边工作，边唱边做饭。很多时候唱得忘了时间，忘了饥饿，也忘了疼痛，甚至唱来了"爱情"。

有一次，谭薛珍在唱吧唱歌，一位年轻男人站在旁边静静地听，悄悄地看。

一曲终了，年轻人鼓掌、喝彩、点赞，并请求加微信。

看其面善，谭薛珍同意了其请求。后通过微信沟通，年轻人对她流露出了爱慕之情，在微信中说："我很喜欢你。"

谭薛珍吓了一跳，立即回复："你不能喜欢的，我是一个帕金森病人。"

"你根本不像帕金森病人。"年轻人不相信，以为谭薛珍开玩笑。还是信息不断，爱慕不止。

谭薛珍不胜其扰，也不想伤害人家，说："我都快50岁的人了，孙女都好几岁了，可以做你妈妈了。"

信息发出，即将其微信删除，省却麻烦，既保护自己，也保护对方。功夫不负有心人。一年半载之后，谭薛珍的歌声越来越优美，越来越动听。更重要的是，她脸上木讷的表情变得丰富起来，说话的声音变得抑扬顿挫起来，语音障碍消失了，抑郁症消失了，肌肉之间的协调性和灵活性得到了很大的改善，心情也愉悦起来。

坚持唱歌，竟能给身体和心灵带来如此大的改变，效果竟如此显著。谭薛珍迫不及待地把这一好消息分享到她的帕友群中。

"唱歌可以调节、锻炼身体，能给人带来愉悦，自然会产生多巴胺（帕金森病最主要的病理改变是中脑黑质多巴胺能神经元的变性死亡，由此而引起纹状体 DA 含量显著性减少而致病）。"谭薛珍希望帕友们都能唱起来，唱出精彩。

唱歌的疗效如此显著，一开始没有几个人相信，以为她想向他们推销什么产品。

谭薛珍懒得跟他们解释。她相信，只要自己继续努力，帕友们终会明白她的一番苦心。

生命不息，唱歌不止。谭薛珍一如既往地坚持唱着。

2017 年 3 月。佛山，春暖花开。

今宵酒醒何处

已是华灯高楼

不见天边的弯月

只听那喧嚣如流

想起草原的清秀

走过那小河溪流

记得你深情的挽留

不忘流泪的嘱咐

多想在草原久留

可挡不住这红尘飞土

盼望还有相见的时候

让我们紧紧相守

婉转悠扬的歌声，从凌飞办公楼后花园中飘出。

循声找去，只见谭薛珍一袭红衣盛装，头戴英伦礼帽，右手握着金色麦克风，左手随着旋律挥动，正在忘情地练习歌曲《离别草原》。

多想在草原久留

可挡不住这红尘飞土

盼望还有相见的时候

让我们紧紧相守

多想在草原久留

可挡不住这红尘飞土

盼望还有相见的时候

让我们紧紧相守

盼望还有相见的时候

让我们紧紧相守

一曲终了，谭薛珍妹妹说："姐，你干吗不去参加比赛？我的同学都去了。"

谭薛珍说："我不去，这多丢脸啊！"

妹妹说："不怕嘛，去吧，我相信你，支持你。"

谭薛珍说："不行，不去。"

妹妹所说的比赛，是由浙江卫视联合星空传媒旗下灿星制作打造的大型原创专业音乐节目《中国新歌声》第二季佛山赛区初级赛，影响甚广。

唱歌只是为自己唱，为锻炼身体而唱，是用心用情唱，非为虚名。而且自己非科班出身，更非职业歌手，去参加《中国新歌声》那样的大型节目，岂不丢脸丢到家了?!

谭薛珍说完，收拾工具，从凌飞前往纳信。

电梯在八楼停下，电梯门刚打开一丝缝隙，一阵嘈杂的声音迫不及待地钻入电梯中。

谭薛珍走出电梯，目光所及，只见大堂人声鼎沸，人来人往。几个易拉宝广告牌尤为显眼。从广告牌上的内容得知，这就是《中国新歌声》的工作处。

"咦，怎么这么巧呢？妹妹刚在凌飞厂说完《中国新歌声》，现在《中国新歌声》就出现在眼前，难道真是机缘巧合？难道这一切都是老天爷的安排？"谭薛珍忍不住上前了解详情。之后，她决定参赛。

既然帕友群不相信她，那就用登台参赛这种方式告诉广大帕友，有帕金森并不可怕，只要努力，只要坚持，一样可以出彩。

"谭总要参加《中国新歌声》比赛。"

消息立即在凌飞和纳信及帕友群中炸开了锅。

担心者有之。

怀疑者有之。

冷嘲热讽者有之。

等着看笑话者有之。

参加《中国新歌声》这样的全国性大型海选赛事，谭薛珍自知不够资格，但她是为爱发声。

狭路相逢勇者胜。谭薛珍明知不敌，也要亮剑。

爱在天地间

2017 年 3 月 11 日，寒风阵阵，细雨霏霏。

佛山中海环宇城·百花筒科技专场，人头攒动，热闹非凡。

《中国新歌声》第二季佛山赛区的第一场海选初赛在这里展开激烈的角逐。

台上，选手们淋漓尽致地展现他们的才华。

台下，观众如痴如醉地欣赏这场丰盛的音乐盛宴。

评委席上，评委们带着挑剔的眼光，捕捉每一位选手的每一个音符。

选手们在舞台上诠释梦想。舞台旁边，端坐着一位一袭鲜红长裙，腰束白色宽边腰带，外面套着一件白色上衣，头戴红色礼帽的女人。其神情端庄，气质优雅。

令人疑惑的是，旁边竟有一人在为她按摩。

这是什么人？是选手？不像，年纪太大，而且选手应该没有这么大的架子，还请专人按摩。

是观众？更不像，观众应该在观众席上。

是土豪？阵容像，气质不像。

评委们不时抽空瞧瞧她，揣测她的身份。

"有请 12 号选手上台。"主持人说。

12 号选手应声上台。

"咦，这不就是刚才坐在旁边的那位有人帮她按摩的女人吗?"评委们交头接耳起来。

尊敬的评委，尊敬的主办方，各位观众，大家下午好!

我来自广东佛山，我是一名有 13 年帕金森病史，并且已到中晚期的人，今天非常感谢主办方给我机会。

我在两年前发现，唱歌能给我的病带来很大的改变。我今天有勇气站到这舞台上来唱歌，就是想告诉我们这群帕金森病人，你们不要只待在家里，要走向社会，要让更多人知道，让更多人接受我们，这样才会有更多的人来帮助我们这个群体。

今天我给大家带来的是《爱在天地间》。

12 号选手谭薛珍，自我介绍。

评委们大吃一惊，继而肃然起敬。

观众们则以热烈的掌声致以崇高的敬意。

音乐声响起。

情未了，像春风走来，

爱无言，像雪花悄悄离去，

彼此间我们也许不曾相识，

爱的呼唤让我们在一起。

情未了，像春风走来，

爱无言，像雪花悄悄离去，

彼此间都把真情埋在心底，

爱的故事才这样美丽。

在一起穿过了风和雨，

在一起走来了新天地。

这份情希望了人间，

这份爱温暖在你我心里。

一曲终了，音乐停止，掌声响起。

谭薛珍那用心唱出的歌声打动了评委和全场观众。

三名评委全票通过。

在网络投票中，谭薛珍以"最具人气歌手"的身份从 50 名选手中脱颖而出。

谭薛珍成功晋级半决赛。

通过《中国新歌声》，人们记住谭薛珍这个名字：年龄最大的参赛选手、帕金森病进入中晚期的选手、第一个上台参赛的帕金森病人。

帕金森微信群热闹起来：

"谭姐可以，为什么我们不可以？"

"谭姐行，我们也行。"

"谭姐"成了帕友群中的代名词。

谭薛珍无暇参与热闹，更没有时间和精力为晋级做准备，因

谭薛珍在央视《星光大道》舞台上为爱发声

为她的身体不允许。赛后第二天，她又飞往新加坡，检查病情。

赛事不容等待。

4 月 19 日，《中国新歌声》第二季佛山赛区晋级赛如期举行。

谭薛珍带着《离别草原》登台。《离别草原》是谭薛珍喜欢的一首歌，歌词虽然道出了离别的无奈，但也表达了再相见的凤愿。

没有离别，就没有再见；
没有绝望，就没有希望。

作为一名帕金森病患者，谭薛珍希望用《离别草原》这

首旋律优美的歌唤起病友为争取尊严而与病魔抗争的斗志和
意志。如果因自己是帕金森患者而放弃自由、放弃希望，那
无论是对自己，还是对家人，都是不负责任的。这也是她参
赛的初衷。非为名利，只为代表中国几百万帕金森病人发声，
希望通过这次比赛，让社会上更多的人了解帕金森，了解帕
金森群体，理解和尊重帕金森病人。同时希望用她的歌声改
变广大帕友，帮助他们振作精神，走出困境。因为唱歌能够
将荷尔蒙转换为多巴胺，她自己就是用歌声从抑郁症中走出
来的。如唱歌之前，她每天要服五次药，唱歌之后，她只要
吃三次就够了。

　　按惯例，选手每次登场，只需唱半首歌，即半场。在晋级
赛中，谭薛珍是唯一一位把整首歌唱完的。或许是主持人不忍心
中断如此优美的歌声，抑或是评委们想考验一下她的功底，半场
结束，音乐并未停止。此刻，谭薛珍的异动症开始发作。除了异
动症，帕金森患者还有严重的失忆症和语言障碍，这点，评委和
主持人可能不清楚，谭薛珍也没有告诉他们。

　　音乐未停，歌声就不能停。谭薛珍稍作停顿，紧紧抓住麦
克风，继续高歌。

　　难忘你的回首
　　难忘你那一眸
　　难忘草原的笑容
　　难忘花落随风走

今宵酒醒何处

已是华灯高楼

不见天边的弯月

只听那喧嚣如流

想起草原的清秀

走过那小河溪流

记得你深情的挽留

不忘流泪的嘱咐

多想在草原久留

可挡不住这红尘飞土

盼望还有相见的时候

让我们紧紧相守

多想在草原久留

可挡不住这红尘飞土

盼望还有相见的时候

让我们紧紧相守

盼望还有相见的时候

让我们紧紧相守

一曲唱完，全场寂静。几秒钟后，爆发了雷鸣般的掌声。

一评委激动地站起来，对谭薛珍说：“我不知道能不能叫您谭姐？”

谭薛珍说：“可以。”

评委说："谭姐，我看了您的演出，非常感动，一个人得了这么严重的病，还能站在台上这么忘情地演出、歌唱，我觉得这是给我们每一个人最好的激励，无论今天我们的结果如何，您在我心中就是这一场的第一名。"

晋级赛中，谭薛珍在"评委评分"和"人气加分"两个类别中均获高分，以第5名的成绩晋升佛山赛区总决赛。

万众期盼的《中国新歌声》第二季全国城市海选佛山赛区总决赛5月7日在佛山新闻中心隆重拉开序幕。

总决赛上，主持人介绍谭薛珍时称："她是一位特殊的选手。之所以说她特殊，不仅因为她是佛山出色的女企业家，更因为她患有帕金森病，但她没有放弃音乐梦想，早前参加这么多场选拔赛时，能看到她行动上的不方便，但她依然坚持用自己的歌声唱出心中的快乐，一步一脚印走向新歌声的舞台。"

上台前，谭薛珍已在台下与病魔进行了激烈的角逐。

比赛前，其他选手都在进行赛前预演。谭薛珍也想练习练习，但她感觉全身乏力，连站起来的力气都没有。

谭薛珍是7号选手，轮到她上台时，她还是站不起来。只好和主持人商量，将她的号往后移。

8号、9号、10号依次登场。

谭薛珍还是站不起来。帕友美丽姐说："谭姐，你这个样子今天肯定上不了台，要不我们今天就放弃吧。"

谭薛珍说："不行，我宁愿被淘汰，也绝不放弃。今天这场比赛，我有勇气站上去，就算输了，也值得，你们不要怕，怕就怕连这点勇气都没有，不敢去面对。任何比赛，都有输有赢，这很正常，如果每一场比赛都只有晋级而没有淘汰的话，那就没有任何意义了。如果我输了，我一样让大家看到我，我愿意让自己作为榜样给大家看，让他们觉得这位大姐输得起，我有这种永不放弃的精神。如果我赢了，那我就要将这种爱传递到全中国的每一个地方，让每一个角落都充满爱，同时也要告诉大家，就算得了帕金森病，你依然可以去过出彩的生活。"

最后，谭薛珍坚持上台。主办方考虑到谭薛珍的身体情况，特意在舞台上为她准备了一把椅子。

谭薛珍依然站着，坚持着唱完了《车站》全曲，博得了观众们热烈的掌声。

这时，一名观众上台向谭薛珍献花致敬。

观众接过主持人的话筒，说："我是远道而来的帕金森病友，今天我要代表全国的帕金森病友向我们的爱心帕友、优秀女企业家、我们帕友的恩人——'火凤凰'谭薛珍献上美丽的鲜花，你是我们的骄傲。"

热烈的掌声再次响起。

谭薛珍激动起来，哽咽着说："感谢各位帕友的支持，感谢主办方给我舞台，让我有机会出来影响帕友们，让更多帕友走出社会，得到社会的接纳，这也就是我参赛的目的，谢谢大家！"

虽然最终与省级海选赛失之交臂，但谭薛珍很欣慰：一位帕金森重症患者，因自己的坚强与坚持，不但走上了舞台，还收获了评委和观众的敬意。这就是她参赛的目的，自尊自强的种子随着她的歌曲撒播到了天地间，正如她所唱：

这份情希望了人间，

这份爱温暖在你我心里……

这份爱，温暖在你我心里

2017 年 10 月 18 日，北京。

人民大会堂雄伟庄严，万人大礼堂气氛热烈。

绘就伟大梦想新蓝图，开启伟大事业新时代。举世瞩目的中国共产党第十九次全国代表大会在这里开幕。

习近平总书记正代表第十八届中央委员会向大会作题为《决胜全面建成小康社会　夺取新时代中国特色社会主义伟大胜利》的报告。

报告中，习近平总书记指出："支持民营企业发展，激发各类市场主体活力。努力实现更高质量、更有效率、更加公平、更可持续的发展。激发和保护企业家精神，鼓励更多社会主体投身创新创业。"

"企业家精神"写入政府工作报告，对企业家们来说，这是一件鼓舞人心的大事。

然而，"企业家精神"是什么？用谭薛珍的话来说，"企业家精神"就是责任和担当，是报效祖国、回报社会、造福人类、壮大企业。这是一种典型的家国情怀。

自创业以来，谭薛珍始终身体力行地践行这种精神。为企业的发展，她夙夜忧思；致力于社会公益，她不忘初心。

2008 年 1 月，一场百年不遇的大雪突袭我国南方，湖南、广西、四川和贵州甚至江西、安徽等地大面积出现低温、雨雪、冰冻灾情。纷纷扬扬的大雪铺天盖地，冰封了一座座城市和乡村，冰封了一条条南来北往的航线、水运、铁路、公路和一辆辆回家的车辆，也冰封了千千万万家庭的团圆和欢乐。重灾乡村，缺水缺电，出行受阻，天寒地冻之下，御寒及生活物资极度紧缺，灾区人民正在生死线上挣扎，抗雪救灾刻不容缓。

灾情牵动了党中央、国务院，也牵动了凌飞人的心。

国难当头，危急时刻，尽管凌飞正处于生死存亡之际，得知灾情后的谭薛珍迅速召集工厂高管开会，商议如何助灾区人

谭薛珍为鹤山市宅梧镇养老院送温暖

们一臂之力。

凌飞人力资源部经理胡丙军是湖南人，他家乡受灾最为严重。凌飞援助灾区的重任责无旁贷地落到了他的肩上。

根据谭薛珍的指示，胡丙军马上去批发市场采购保暖用的大衣、毛毯及大米等灾区人们日常生活必需品。

作为一名职业经理人，难得有机会回报家乡。这次因凌飞之大爱，终可为家乡尽绵薄之力。故胡丙军在采购赈灾物资时，毛毯买最好的，大衣买最厚的，大米买最新鲜的。

毛毯、大衣、大米都送到了凌飞电器，再加上凌飞自产的300台电暖扇，开始装车。

很快，工厂的大货车装满了，但货还只装了一半。见状，胡丙军马上打电话租车，继续把剩下的物资全部装完。看着两台装满赈灾物资的大货车缓缓驶出凌飞电器的大门，胡丙军终于长嘘了一口气。他仿佛看到家乡人正在兴高采烈地分享谭薛珍送给他们的温暖。

突然，胡丙军似想起来什么，马上招手，让大货车停下来。然后，他走过去打开车门，爬上去，坐了下来。

胡丙军还是不放心，要亲自把赈灾物资送到佛山慈善总会。

2008 年 5 月 12 日，汶川大地震让全体中国人难忘而揪心，天崩地裂，江河呜咽。原本秀美的山川河流瞬间变为废墟！无数幸福家庭顿失亲人！数百万人失去家园！

突如其来的巨大灾难，震惊了中国，震惊了世界。

噩耗传来，凌飞电器来自四川、来自汶川的员工放声悲哭。

5月13日，谭薛珍向全厂员工发出倡议，向汶川灾区奉献爱心。谭薛珍个人带头捐出现金3万元及物资一批。

在谭薛珍的带动下，员工们纷纷捐款捐物，凌飞电器员工累计捐款5万多元。

一份善款代表一份爱心，灾区亟须的还是物资。谭薛珍再次指派胡丙军采购赈灾物资。

又是满满的两大货车物资，外加募集的现金，驶往佛山火车站。天灾无情人有情。谭薛珍情系灾区人们，千里之外送真情，和凌飞人一起，用灼热的真情和爱心为灾区人民点燃了一团团希望和温暖的火焰，谱写了一曲曲大爱无疆的无私奉献之歌。

谭薛珍对比尔·盖茨曾经说过的一句话深有同感，"当一个人拥有的财富超过一个亿的时候，再多的财富只是一个数字问题，没有什么实质意义"。她曾感慨地说："作为一名企业家，社会责任是第一位的，我要尽自己最大的努力，帮助社会上更多需要帮助的人。"

谭薛珍就是这样把对灾区的爱、对社会的爱，深深地刻印在脑海中，并把爱心文化和慈善思想深深地植根于凌飞电器的企业文化之中，在追求物质文明的同时，追求精神文明的日臻完美。

罗曼·罗兰有一句名言："最高尚的人，不为自己活，不为自己死。"或许，这就是对谭薛珍最好的诠释，也是企业家精神的体现。她本身是一名弱者，一位帕金森重症患者，为了企业家的责任和担当，不断挑战生命的极限，屡创生命奇迹；她对社会的爱，温暖在你我心中。

据搜狐网报道：2017年7月11日，广东省一心公益基金会纳信慈善基金发起人、佛山凌飞电器有限公司董事长谭薛珍女士等爱心人士一行不辞辛苦到宅梧镇宅梧小学开展捐赠活动，宅梧镇党委委员、副镇长梁广祥及宅梧小学全体师生参加了捐赠活动。

在捐献活动中，谭薛珍女士向宅梧小学捐献了300台电风扇，总价值5万多元。用于改善山区镇学生们的学习环境。

谭薛珍女士情系家乡，关心家乡教育事业，并用实际行动为宅梧小学全体师生送来一片夏日的清凉，渗透到师生们的心里。

梁广祥同志代表镇委、镇政府及宅梧小学对谭薛珍女士的善举表示衷心的感谢，认为这300台电风扇犹如一股及时雨，让宅梧小学能够及时更换掉教室里那些使用年限较长、残旧破损的旧式风扇，希望宅梧小学要用好这些风扇，切实改善学生们的学习环境。

广东省一心公益基金会纳信慈善基金由谭薛珍发起，成立于2017年4月20日。

纳信慈善基金成立当天，有记者采访谭薛珍，问："您为什么要成立纳信慈善基金？"

谭薛珍说："目前，中国有300多万帕金森病人，我想通过成立纳信慈善基金这样一个平台，把所有的帕金森病人凝聚起来，让他们都能在这个平台上找到归属，找到希望。我们这个平台不仅要帮助他们改善身体上的痛，还要解决心理上的苦，改善他们的生活，有条件的话，还要为他们搭建一些平台，让他们去创业。这就是我要发起成立纳信慈善基金的初衷。"

记者问："您公司或您身边的人是否支持这个项目？"

谭薛珍说："支持的人多，但反对的人也有，这是不可避免的。现在平台已经搭建，未来的发展，关键在于大家的互相配合，共同努力。"

记者问："您拿什么来支撑这个公益慈善平台？"

谭薛珍说："首先凭我个人的影响力去支撑，我相信我还值几个钱，只要我还没有倒下去，我就会一直为他们去战斗，哪怕手脚不能动，只要我的嘴能动，能思考，我都会坐着轮椅去指挥他们打仗，这也是我对我们的厂长说的话。其次是凭我们纳信小家电跨境电商平台去支撑。我们这个小家电跨境电商平台，实际上也是为善而生，是以商养善的一个平台。因为慈善是一项长期的事业，如果仅凭一些企业家的几次捐款来支撑的话，无异于无根之源。所以，我们把慈善事业当作一项长期的事业来经营，以商养善，让慈善永无止境。"

众人拾柴火焰高，道理谁都懂，关键是要有一个肯最先站出来去拾柴的人。

作为一个帕金森病已到中晚期的病人，谭薛珍敢于最先站出来，勇于最先站出来，其精神必将感召和激励一大批有社会责任感和使命感的企业家，也必将激励一大批帕金森病患者。

纳信慈善基金成立仪式上，多位远道而来的帕友分享了他们与帕金森病抗争的经验，以及在谭薛珍的感召下如何帮助其他帕友的事例。

我认识谭薛珍"狮姐"已经10多年，我在2004年加入狮子会成为一个志愿者，那时谭总就向狮子会捐款、捐物。我至今还记得，当年狮子会一个服务队资助粤北山区新建了一个希望工程小学，校舍和宿舍还缺140台电风扇，我打了个电话给谭总，她毫不犹豫的就答应了，让这个小学的全部教室和宿舍都装上了电风扇。

谭总还亲自到云南做义工。

谭总是一位"坚强、大爱"的女企业家，"坚强"，是她自己虽然得了帕金森病，但仍然和病魔进行顽强抗争，顽强地经营企业。

谭姐的"大爱"特别令人感动，她自己还在康复中，但时时刻刻都在想着并以实际行动帮助身边的病友。

2016年年初，我到长沙学习，见到一位谭姐的经销商，她告诉我一个关于谭姐的故事。2015年，在长沙举办了一场有200多位来自全国各地的帕金森病友参加的大聚会。

谭姐也出席了那次大会。大家都知道帕金森病很费钱，谭姐不仅为每位到场的帕友报销往返路费，还给每人送了三件礼物：电风扇、电暖器、羽绒被。

谭姐的爱心还特别较真。她送给帕友的羽绒被都是最好的，采购的时候还不放心，要求商家先送一床给她看了之后才放心采购。

这位商家还说：谭姐一再叮嘱她不要告诉别人，可是她说，如果不告诉我，良心会过不去。

后来，谭姐还出钱租车请所有帕友到韶山参观毛主席故居。

4月10日，我陪谭姐到杭州参加中国帕金森大会，那时我亲眼看见谭姐为全国的帕友默默地做了许多事情。她向大会现场捐了20000元钱和100台电风扇，以及一批红枣。

谭总有个心愿，就是要创立一个慈善基金，专门为帕友提供帮助的慈善基金。毕竟一个人力量有限，只用动员社会的爱心力量，一起来做这件事情，才能给帕友更多的支持。

犹太商学院的潘伟成院长经常说的一句话，一个人走很难走，一群人走很容易走。

此刻，我在此呼吁，希望更多的人，更多的爱心资源来支持谭总，支持纳信慈善基金。为社会上更多的帕友提供服务。

在谭薛珍的感召下，纳信慈善基金成立晚会上，与会嘉宾纷纷捐款捐物。谭薛珍捐出一幅珍藏多年的字，谭薛珍旗下凌飞电器、纳信贸易、纳信通网络各捐款20000万元，犹太商学院奇迹班21届同学共捐款50000元。

或许是感同身受，自创业以来，谭薛珍一直热衷于慈善事业，已为帮助帕友及贫困学子、孤寡老人等，捐款捐物达数百万元之多。因其为人低调，捐款捐物从不留名，故鲜有人知晓。

笔者通过努力，从一些新闻报道及一些知情者口中得到了一些蛛丝马迹，如上述新闻，及下列报道：

筹款 280 万元，助"掌心宝宝"重建健康

爱·无限——关爱掌心宝宝慈善筹款音乐会 6 月 3 日晚奏响。活动以认捐门票、爱心义卖、一元捐等方式筹得善款 281841 元，悉数捐入南海慈善会点行善·颖基金，用于开展"广佛贫困早产儿救助计划"。

"掌心宝宝"指出生时体重极轻，仅有巴掌大小的早产儿。这些婴儿出生后常伴随着多种疾病，而一些家庭因经济拮据，无力为他们实施及时的治疗。为帮扶这一群体，爱心人士于 2015 年成立了南海慈善会点行善·颖基金，链接社会资源救助贫困早产儿。

作为救助计划的重要一环，慈善筹款音乐会邀请来自佛山市青少年交响乐团、南海流行音乐协会等团体的成员登台演出，带来合奏、合唱、独唱等 11 个精彩节目。观众认捐门票即可入场观看，认捐金额自定。"截至活动开始，场外认捐已达 19 万元，有爱心人士为门票认捐了数千元乃至上万元。"南海慈善会点行善·颖基金的发起人与音乐会策划人文颖说。

音乐会上，拍卖活动将现场气氛推向一个个高潮。本次拍卖的作品由爱心人士捐赠，包括字画、工艺品等，其中《春晖图》以 24000 元的成交价成为当晚价格最高的拍品。拍下这幅作品的谭薛珍是南海本土女企业家，她告诉记者，希望借此机会帮助掌心宝宝，让他们重建健康生活。

在该活动上，谭薛珍除了义拍高价字画，共捐赠金额 5 万元。

在纳信慈善基金会成立晚会上，谭薛珍（左二）及其公司合计捐款 6 万元

据广东狮子会一位狮友博客记载：

2016 年 7 月 23 日早上，广东狮子会博爱服务队组织到开平玲珑麻风病康复村，探访那里的康复者老人。早上 8 点，我们从广州马场的潭村地铁站集体坐车出发。租了一部 22 座的中巴，狮友开了三部小车，一部货车。这是第一次到康复村开货车去，谭薛珍狮姐是一位电风扇厂的企业家，送了 13 台落地风扇。这个康复村本来有 48 个康复者老人，康复村的领导告诉我们，前些日子有其他机构送了一些电风扇和电磁炉，但还缺 13 台风扇，这就由谭薛珍狮姐送出。她这次还把公司的高管和同事 10 多人

叫来做义工……谭薛珍狮姐把她在工厂整套音响也搬来了，她本身身体不太好，到现场还在吃药，她的同事还在现场为她的腿做按摩，但她依旧笑容满面的，坐在那里坚持为康复才人献唱歌曲。（本博文有删节）

据了解，2009 年，谭薛珍携妹妹一起前往云南保山做义工，现场捐助 30 位老人做白内障手术的全部费用。

自 2014 年始，谭薛珍每年固定资助 10 位帕金森病人，每人每月 1000 元，至今从未间断。

2014 年 12 月 26 日，长沙帕金森年会，全程费用均由谭薛珍赞助，合计 20 多万元。

2017 年 4 月 10 日，杭州中国帕金森大会，现场捐款 20000 元、电风扇 100 台及礼品一批，折合人民币近 10 万元。

2017 年 7 月，为了让广大帕友都唱起来，专门找人为帕友设计了 2000 套能随身携带、能随时随地唱歌的音响设备免费赠送，每套价值 100 多元，合计 20 多万元。

2017 年，向广东省残疾人公益基金会捐款 10 万元，设立"关怀帕金森患者"专项资金。

"帕友 +"平台开发及启动、推广等费用近 30 万元；

每次慰问孤寡老人、捐资助学，少则三五万，多则十余万。

湖南永州一个四口之家，一小孩 12 岁得帕金森病，今年已经 28 岁，其父常年卧病在床，一家人的生活全靠 80 多岁的爷爷和奶奶操持，谭薛珍得知后，已连续帮助他们四年。

　　帕友微信群中，谁有困难，只要找到她，有求必应；群友生日，谭薛珍必发红包，虽然数量不多，但帕友多。

　　有知情人士说，谭薛珍每年仅为帕友买进口药，就超过 30 瓶，每瓶价值 200 多元。

　　帕友界流行一句"名言"：你做手术有困难，去找"凤凰"。"凤凰"就是谭薛珍，是她的网名，叫"火凤凰"。

　　……

　　落雪无痕，雁过留声；赠人玫瑰，余香袅袅。

　　谭薛珍的这份爱，温暖在你我心里；

　　谭薛珍的爱，让生命不再颤抖。

帕友别怕

虽无家财万贯，亦不大红大紫，但有父母健在，妻子温柔，儿子聪明可爱，生活，比上不足，比下有余……这些，对湖南的小张来说，已经足够，称得上家庭幸福美满。相信只要再奋斗三五年，小张就可带领家人步入小康。

然天有不测风云，在奋斗的过程中，小张发现双手时有颤抖。也许是工作太累的缘故吧。一开始，小张不以为然。

谁知，时有颤抖的双手，变成经常性的颤抖，双腿也时有不听使唤。这是怎么回事？小张根据症状上网搜索，"帕金森"三字进入了他的眼帘，刻进了他的脑海。

小张马上去看医生。当医生准确无误地告诉他是"帕金森"时，小张只觉脑中一片空白，手心紧握到流出汗来，紧张的情绪令他几近窒息。

这个一直被视为的老年病，竟然发生在自己身上，就像中彩票一样"幸运"。小张从医院跌跌撞撞走出来，不知道去哪，唯一的念头就是千万不能让父母知道，他们年纪大了，不能承受这样的打击，也不能让妻儿知道，更不能影响工作，他可是家中的顶梁柱。

病情越来越严重，父母察觉出了异样，妻子感觉到了不安。小张也从担忧到害怕再到恐慌、到怨恨，吃不好饭，睡不好觉，在焦虑中度日如年，且患上了严重的抑郁症。

拿筷子吃饭，穿衣服扣扣子，睡觉翻身等这样在常人眼里看似渺小到根本不被人当回事的小事情，对小张来说却成了大事，甚至是难以企及的难事。最后连走路也变得困难起来。

因求医问药，原本宽裕的家庭也日益捉襟见肘，到了需要举债度日的地步。

希望渺茫，妻子留下一纸离婚书离家出走。幸福美满的家庭顷刻支离破碎。

难道这是老天爷对我的惩罚？但我又做错了什么？小张悲愤、痛苦、无奈。

一人有病，全家拖垮。这话真不是危言耸听。父母虽无言，但日渐消瘦，眼看着刚而立之年的儿子患此绝症，每日承受如此之折磨，他们却无能为力。他们的泪，已然流干，他们心头的血，已然滴枯。可怜天下父母心，他们唯一能做的，就是默默地用年迈之躯，接过儿子无力扛起的家庭重担，反过来照顾儿子，照顾孙子。

留给小张的，是一片狼藉的生活，能救他于困境的，只有钱。因为帕金森是一种慢性病，需要长期服用药物以延缓病情的发展，由此医药费用高企。对于一个生活无法自理的病人来说，能从何处找钱？年迈的父母能够照顾好他们的饮食起居，已属不易，更遑论赚钱养家了。

谭薛珍与帕友们在一起

　　绝望之中，总得寻找希望，哪怕渺茫。小张除了祈求老天，抱着试试看的心情，加入了一个微信帕友群。小张没想到自他加入这个帕友群之后，他的人生随之开启了重大转折。

　　2014 年 10 月 28 日清晨，站在中国"四大佛教名山"之一的峨眉山金顶，谭薛珍面朝东方，期待着。

　　东方天际已微微泛红。谭薛珍预感到那让人震撼的时刻即将来临！

　　突然间，地平线上天开一线，将天地分开，这线红得透亮，托着几多镶边的彩云。刹那间，在彩云的缝隙里，吐出一点金光，并缓缓上升，逐渐变成小弧、半圆、变成橘红、金红，拖着一抹瞬息即逝的尾光，一轮圆圆的红日嵌在天边。红日冉冉上升，万道霞光，穿破那似亘古不变的空间，驱云散雾，彩霞漫天。此刻的峨眉山，就似披上了一件金色的外衣，与远处连绵起伏的山峰及缭绕的云雾交相辉映，勾勒出秀美的身姿。

　　峨眉山本就婀娜多姿，得日出之点缀，更如仙境。江山如此多娇，难怪引得无数英雄竞折腰。看到如此美景，谭薛珍会心一笑，感觉全身暖和起来。

　　观完日出，享尽云海，谭薛珍的"老朋友"帕金森开始不识时宜地侵扰她。谭薛珍就地休息。平复了一下心情，想了一会儿心事，拿出手机，点开微信，看看帕友们在干什么。

　　同病相怜。谭薛珍的微信中有多个帕友群，里面聚集的都是帕金森患者，他们把在生活中遇到的喜怒哀乐，以及与病魔抗争的点滴，都在帕友群中倾诉，与帕友交流。

　　浏览帕友群中信息，了解帕友动态，关心帕友生活，成了谭薛珍每天例行工作的一部分。帕友群中，谁有困难，只要找到她，有求必应；群友生日，她必发红包，虽然数量不多，但帕友多；看到一些家庭特别困难或者病情特别严重的，她都会主动联系，了解情况，然后尽自己的绵薄之力去帮助他们，或为他们购买价值200多元钱一瓶的进口药物抗帕，或直接转钱给他们改善家庭生活等。以致帕友界流行一句"名言"："有困难，就去找凤凰。"凤凰，就是谭薛珍，是她的网名，名叫火凤凰。

帕友群中，有人上传了一个视频。

谭薛珍点开来看，这是一位帕友自拍的视频。在视频中，帕友详细介绍了自己的病情及家庭情况，说自己做手术遇到很多困难等。

这个视频的主人，就是小张。在现实生活中求助无门，无人倾诉，就寄望于虚拟的网络。在虚拟的网络上，求助不敢奢望，但能倾吐心中的苦痛，未尝不是好事。

谭薛珍看完视频，即在微信上与小张联系、沟通。详细了解之后，她对小张说："你要勇敢地走出自己的阴影，融入社会，患有帕金森病并不可怕，只要保持积极的生活态度，仍然能够活出精彩。"

"良言一句三冬暖。"小张没想到，他竟然在网络上遇到了帕友界传说中的"火凤凰"。

在随后的微信沟通中，谭薛珍为了让小张走出来，就对他说："我们公司将在 12 月 26 日召开年会，你也来参加吧。"

面对邀请，小张心潮澎湃。他很想出去走一走，很想到广东去看一看。但是，这样一个走路不稳，生活都不能自理的人，能到外面去吗？就算能去，那路费呢？几百元钱的路费虽不多，但对因病返贫的小张来说，却是一笔巨大的支出。

见小张久久没有回复，谭薛珍已然知其苦衷，便对他说："你肯定不能独自一人来这么远的地方，路上必须有人照顾，你可以带你的家人或请一位护理一同前来，至于你们的往返费用，

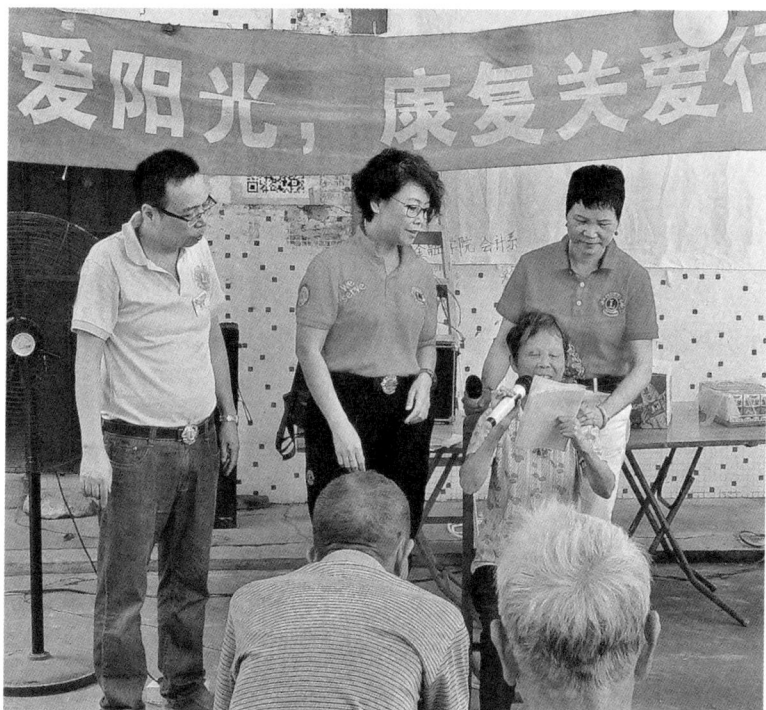

谭薛珍在慰问麻风病人

我会全部帮你们处理，你就不用担心了。"

小张看到信息，十分感动，眼中布满了泪花："感谢火凤凰！""感谢谭总！"

小张并不知道，谭薛珍但凡公司有活动，都会邀请全国各地的帕友参加，少则三五人，多则三五十人，为他们创造走出来的机会，为他们提供交流沟通的平台。凡受邀者，其往返费用均由谭薛珍负担。仅此一项，谭薛珍每年都要支出数十万元。

2014 年 12 月 26 日，佛山凌飞电器年会隆重召开。由家人陪伴从湖南来的小张，终于在现实世界中见到了帕友界传奇火凤凰。

"你不是做了手术吗？怎么异动症还这么严重？"谭薛珍见小张双腿抖得那么厉害，直言不讳地说到。

小张无语又无奈。第一次见面，对方竟是如此直率之人，小张略显尴尬。谭薛珍见状，便明白小张根本就没有去做手术，最大的可能则是无力承担高昂的手术费。

"你要不要去做手术？"谭薛珍问。

小张说："暂时不去。""你还是早点去做手术吧。"谭薛珍说，"如果有困难，你就跟我说。"

第二年，小张的病情越来越严重，连楼梯都上不了了。谭薛珍得知后，不顾自己就是严重的帕金森病人，不辞劳苦，千里迢迢赶到湖南，去小张家里看望他，帮助他。

谭薛珍的帮助，虽然不能让小张站起来，但是，谭薛珍的帮助，能温暖帕友的心，能给帕友带来希望，带来尊严，能解决帕友生活中的燃眉之急。诚如小张这样年轻的帕友。

据了解，谭薛珍正在帮助小张向纳信慈善基金会申请帮助。

在谭薛珍的日常生活中，小张这样的帕友，只不过是她帮助过的数以百计的帕友之一。其中还有比小张更年轻、病情更严重、家庭更困难的帕友，比如湖南永州的帕友小王。

如今，帕金森病已成为仅次于肿瘤、心脑血管疾病的严重危害老年人身体健康的致残性疾病，被称为老年人的"第三杀手"。

而且，原属于老年疾病的帕金森病正呈现低龄化趋势。有关报告显示，因受环境污染、脑外伤、吸毒等因素影响，年轻人也有可能患帕金森病。临床上遇到的 50 岁以下的帕金森病患者不断增多，30 多岁的年轻患者也屡见不鲜，甚至有十几岁的患者。有统计显示，"青少年型帕金森病"患者占据该病总人数的 10%。

小王就是属于低龄帕金森病患者。12 岁就得了帕金森病，其母早年离家出走，其父则常年卧病在床，还有 80 多岁的爷爷和奶奶。而一家四口的生活，则全靠小王那 80 多岁高龄的爷爷和奶奶操劳。

谭薛珍得知后，本想立即前往探望，给予帮助，恰逢自己病情发作，无法成行。小王一家四口的身影，犹如烙印一般深深地刻在她的脑海中，挥之不去。于是，谭薛珍安排公司两名员工，带上慰问金，拎着慰问品，代她前往永州，去小王家中，了解情况，给予帮助。

第二年，谭薛珍亲自前往湖南永州探望小王，为小王的家庭提供帮助。自 2013 年至今，谭薛珍已连续帮助小王五年。

小张、小王这样的事例，不胜枚举，如吉林长春一位美丽的姑娘，得到了谭薛珍一年的资助；江苏一位帕友因手术费不够，找到谭薛珍后，顺利完成了手术；四川一位女企业家因帕金森病而倾家荡产，谭薛珍及时给予力所能及的帮助……

帕友别怕，"有困难，就去找凤凰。"谭薛珍身体力行地践行着。

爱，让生命不再颤抖

党的十八大以来，以习近平同志为核心的党中央，以高度的责任感把精准扶贫、精准脱贫作为实现第一个百年奋斗目标的重点工作，摆在治国理政的重要位置，把我们党领导的反贫困实践推进到一个新的境界。

2018年4月11日，在结束博鳌亚洲论坛2018年年会活动后，习近平总书记在考察博鳌乐城国际医疗旅游先行区规划馆时说："实现'两个一百年'奋斗目标，要坚持以人民为中心的发展思想，经济要发展，健康要上去，人民的获得感、幸福感、安全感都离不开健康，要大力发展健康事业，要做身体健康的民族。"

习近平总书记的讲话，表明了党和政府打赢脱贫攻坚战的决心和信心，阐述了精准扶贫的重大意义和工作重点，提出了帮助贫困群众真正脱贫和长久脱贫的任务和要求，以及人民身体健康的重要性。

帕金森病是一种慢性病，需要长期服药，手术及治疗费用昂贵。沉重的经济负担压垮了不少家庭，使得因病致贫、因病返贫屡屡上演。有一些家庭，往往病倒一个，就塌下一个家。纳信慈善基金的成立，虽然募集了不少善款，帮助了许多需要帮助的人，但全国帕金森患者有近 300 万人，且每年新增 10 万人以上，如果仅凭企业家们的几次捐款来支撑，无异于杯水车薪。如何积极参与"精准扶贫、精准脱贫"这一党和国家的百年奋斗目标，长期为广大帕友尽绵薄之力？善于经营事业的谭薛珍将商业经营理念引入慈善事业中，结合互联网思维，创造性地提出"以商养善"新模式，为广大帕友搭建一个平台——"帕友 +"。

如果说纳信慈善基金是帮助帕友解除病痛的公益平台，那么，"帕友 +"则是专为中国近 300 万帕友打造的专属精神家园。

且看《健康报》专题报道：

为百万帕友打造专属精神家园——国内首个帕金森病社交服务平台启动仪式圆满成功

随着十八届五中全会公报中"健康中国 2030"规划纲要的发布，"健康中国"这个全新的概念就落入到人们的日常生活当中。为响应国家政策，弘扬慈善文化，助推公益事业，最大限度回馈社会，由广东纳信通网络科技有限公司主办的全国首个关于帕金森病的社交服务平台——"帕友 +"启动仪式，在佛山皇冠假日酒店正式拉开帷幕。广东省残联教育就业部刘效臣、广东省妇联妇女儿童基金会秘书长梁小钊、广东省妇联妇女儿童基金会项目负责人张晓娟、广东省残肢委员会秘书欧阳小佩、广东省生命之光癌症康复协会常务副会长郭莲有、广东狮子会资深师友张海平等嘉宾，以及 30 多名来自五湖四海的帕金森患者等出席了仪式，共同见证这一激动人心的时刻。

在"帕友+"启动仪式上，纳信董事长谭薛珍女士向大家讲述了搭建这个平台的初衷。谭总在讲话中指出，在中国数以万计的网络平台中，没有一个真正是为帕金森患者及其家人设计的。目前中国有近 300 万帕金森患者，发病群体从以前的 50 岁以上慢慢转向到现在 35 岁，由于病情的不断进展导致很多患者失去面对生活的勇气和信心，承受着身体和精神上的双重痛苦与负担，他们渴望获得专业的疾病知识和交流健康知识的平台。而"帕友+"的成立旨在通过鼓励帕友在平台上分享日常生活来传

帕金森病患者的专属精神家园——"帕友+"正式启动

递"抗帕"正能量，激发更多"帕友"与疾病斗争的勇气和信心，并呼吁全社会了解帕金森病，给予帕金森病患者多一些关爱。

据悉，谭总自身也是一位帕金森患者，最近5年，她直接捐赠100多万元帮助帕金森患者，同时不遗余力地支持佛山慈善事业，多次为之捐款捐物。

为帕友们搭建一个专属的网上家园，是谭薛珍女士一直以来的梦想。为此，她借助互联网的力量，发起并召集20多位互联网技术人员，共同搭建了这个"帕友"专属的"帕友+"平台，希望将其打造成一个一站式综合性的社交服务平台，让"帕友"们抱团取暖，减轻痛苦！

启动仪式还邀请了几名"帕友"向大家分享其在抗帕路上的误区，他经过了误诊误治、帕金森病抑郁的困扰和运动并发症的折磨，他的经历是广大帕友的缩影。就帕友的分享，广东省生命之光癌症康复协会常务副会长郭莲有在会上强调，了解并普及帕金森病的相关知识非常必要。党的十八届五中全会从协调推进"四个全面"战略布局出发，提出"推进健康中国建设"的宏伟目标，凸显了国家对维护国民健康的高度重视和坚定决心。而"帕友+"智慧分享平台的成立站在帕友健康的角度，优化帕友健康服务，完善帕友健康保障，同时适应大数据时代，充分运用各种有用的数据，以"互联网+医疗"的模式，汇聚医患智慧，从而助力推进"健康中国2030"的落实，对健康产业起到了实际上的意义。

据介绍，"帕友+"得到了国内帕金森病领域知名专家在学术上的大力支持，平台包含直播、科普资讯、寻医问药、娱乐互动、帕友分享五大板块，并设有专门针对患者家属在护理方面的内容，以及介绍该疾病领域国际上最前沿的信息。它的成立对传播科学的帕金森病知识、科学的护理知识以及健康的生活方式，促进患友之间、医患之间的沟通与交流，进一步引发公众对帕金森病的认知和关注，将发挥十分重要的作用，具有良好的社会意义。

当天晚上，主办方还发起了慈善拍卖活动，城际集团董事长潘伟成先生和书法家熊兰英女士分别捐赠了名贵花瓶和书法作品，国内外企业家踊跃竞拍，现场气氛热烈高涨。该慈善拍卖旨在用于帕金森智慧分享服务平台的运营上，帮助帕友群体，传达纳信大爱无疆的企业文化。

2017 年 11 月 23 日，"帕友 +"智慧分享健康平台携手湘潭市关爱帕金森志愿者协会，在湘潭市华银国际大酒店联手举办了"爱让生命不再颤抖"公益项目启动仪式。

湖南省人极书院副院长郭奕艳、湘潭市委党校工会主席胡劲松、湘潭市社会组织促进会会长刘晓霞、湘潭市红十字会常务副会长兼秘书长李透、湘潭市残联康复部部长李新闻、湘潭市关爱帕金森病志愿者协会创始人符如堂、帕友 + 智慧分享健康平台负责人黄仕挺、湖南省脑科医院神经外科主任黄红星、湘潭市神经内科主任林金生、长沙市第一医院神经内科副主任何丹、中南大学湘雅医学院二医院医生李馨歆等各界爱心人士均出席了当天仪式，共同开启"互联网 + 公益"新模式。

报道称：据悉，为了让帕友可以抱团取暖，鼓励帕友走出阴影，广东纳信通网络科技有限公司董事长谭薛珍女士发起，与20多位互联网技术人员一起搭建了帕友＋智慧分享健康平台，旨在为百万帕友打造一个专属的精神家园。该项目为实践"互联网＋公益"互利共赢的新典范迈出了成功的一步，并将与"爱让生命不再颤抖"项目相辅相成，共同为帕友服务，扩大影响力。大会最后向现场30位帕友捐赠了价值约25000元的药物。

几天之后，"帕友＋"智慧分享健康平台再次举办了以《我有一个梦》为主题的《朗读者》活动。以下为搜狐新闻网对该次活动的新闻报道：

无声的文字，有声的倾诉——"帕友＋"平台首届帕界"朗读者"活动完美落幕

近日，为吸引社会公众关注帕金森病，聆听帕友们的心声，感受帕友们的渴望，广东纳信通网络科技有限公司旗下的"帕友＋"智慧分享健康平台向广大帕友发出了召集令，诚邀全国各地帕友参加《朗读者》活动，大声喊出心中的梦想，汇聚帕友之声，共同为帕发声。

本次帕版《朗读者》活动仍以视频录制，于"帕友＋"平台呈现的形式，朗读文本指定为主办方提供的《我有一个梦》，其内容主要表达帕友们在抗帕路上的思想转变，传递他们渴望喊出："我们都一样"的心声。召集令一出，各地帕友跃跃欲试，精心为朗读挑选音乐背景以及场景。

据报道，朗读对帕金森病人起到很好的康复效果。朗读属于语言障碍的训练，由于患者口水分泌多，咽喉部位的肌肉也很紧张，肌肉协调性比较差，患者常常因此变得越来越不愿意讲话，致使其语言功能也会随之而退化。和家人的语言交流减少了，加上帕金森病患者的表情缺乏，容易造成患者和亲属情感上的交流障碍和隔阂。因此，患者必须经常进行语言的功能训练，保持舌运动的锻炼，坚持练习舌头重复地伸出和缩回、左右移动，同时，对于唇和上下颌的锻炼及朗读锻炼也不容忽视。

《朗读者》活动于 11 月 25 日完美收官，主办方收到了来自北京、吉林、陕西、杭州等全国各地的朗读视频。视频中，帕友们用铿锵有力的声音朗读一首一首诗，闻者，内心皆五味杂陈：他们害怕被儿女嫌弃，他们因昂贵的医疗费用变得一贫如洗，对他们而言，平稳端起一杯水都是奢望，他们在无数的夜里，害怕的静等天亮……尽管如此，他们仍然坚强地在抗帕路上奔跑着，努力地谱写着生命的意义。

此次活动的举办，旨在为帕友们提供一个平台，通过朗读《我有一个梦》，聚集帕友的力量，用坚定有力的声音，告诉亲人，告诉医生，告诉社会，他们渴望活着，渴望有尊严的活着，他们有与命运抗争的勇气……并以此来感染社会公众关注帕金森病，关爱帕金森患者，给予他们爱的包容。

"人生好比一趟列车，我非常幸运能坐上这趟帕金森号列车。这趟列车每经过一个车站，会有人上车，也有人下车。虽然我每天都那么疼痛，但我依然会乘坐这趟帕金森号列车，坚持到终点站。尽管我现在没本事做你们的列车长，但我可以做你们的司机，帮你们开路，只要你们有需要，我一定会把你们安全送到终点。"这是谭薛珍发布在帕友群中的感言。

为百万帕友精心打造的专属精神家园——"帕友＋"智慧分享健康平台，就是谭薛珍的"帕金森号"列车。在这趟"帕金森号"列车上，帕友们不仅能发出自己的声音，与帕友们交流防帕治帕心得，还能在这个平台上找到精神皈依。未来，谭薛珍将继续驾驶这趟帕金森号列车，载着广大帕友，驶向幸福的终点站。

嗨，唱起来

　　2018 年 7 月某日晚，佛山南海区罗村咏春体育公园内，人头攒动，滑板、溜冰花样百出，咏春、太极争相辉映，快跑、慢行络绎不绝，吹拉、弹唱此起彼伏，情侣们低声呢喃，孩子们纵情欢笑，老人们闲庭信步。最引人注目的，莫过于随着高分贝音乐翩翩起舞的大妈们……

　　公园，是钢铁城市中的世外桃源，是城市文化的延续，是人们康体健身、适龄游乐、缓解压力的绝佳场所。在咏春体育公园的一角，一位身着红衣的女子，手持麦克风，面对一台约人高的电脑，引吭高歌，其神情，忘情而陶醉。

　　音乐是世界共同的语言。红衣女子的歌声，很快引来了众多围观者。

　　大庭广众之下，独自一人高歌，这是什么人？她是在卖唱？还是在表演？围观者议论纷纷，莫衷一是。

　　一开始，歌者声情并茂，舞蹈动作优美，契合音乐旋律，节奏感极为丰富。三五曲之后，渐显疲态，歌声时有卡顿，吐词渐不准确，舞蹈动作与音乐的旋律严重脱节，舞蹈变成了手舞足蹈。

原来是一个神经病！

原来是一个疯子！

原来是一个精神不正常的人！

围观者出奇地统一了思想，也一改围观的初衷，由欣赏音乐变成了看热闹，看疯子表演。一些年轻人则对她那台约一人高的电脑感兴趣，还有些人近前绕着电脑观看，眼神中透露出羡慕之情。

红衣女子感觉到自己成了马戏团正在表演的猴子，便很快离开了。第二天晚上，红衣女子又出现了，又在独自高歌。电脑上方，贴着一张 A4 纸，纸上赫然写着：对不起，我是帕金森病人。

这红衣女子，就是谭薛珍。那台电脑，则是酷狗音乐最新推出的一款家庭 KTV 娱乐一体机，亦称酷狗超级 K 歌机。谭薛珍对其极感兴趣，即上网搜索，然后从网上买了一台酷狗超级 K 歌机，随身携带，一有闲暇，或在办公大楼的后花园高歌几曲，或在家中纵情吟唱几首。后来，她干脆把能移动的"KTV 房"搬到了公园，不为与广场舞大妈争奇斗艳，只为公园空气清新、环境舒适。

第一天晚上，高歌几曲之后，因异动症发作，招致围观者误解，把她当成了疯子。

第二天晚上，为免遭误解，也懒得向他人解释，故在 A4 纸上打上"对不起，我是帕金森病人"贴于 K 歌机上方。

结果，在意料之中，又出乎意料。第二天晚上，同样围观者众多。因为有 A4 纸上的温馨提示，少了猜疑，多了欣赏，多了同情。这是意料之中。

一曲终罢，有人上前向她咨询："我双手经常颤抖，请问这是不是帕金森病？"

谭薛珍看了看对方说道："双手颤抖不一定是帕金森，但是大部分帕金森病都是如此。引起双手颤抖的因素很多，如药物、一氧化碳中毒后遗症、中风后遗症、脑外伤、甲亢等都有可能引起手抖，如果颤抖得很厉害，我建议你到医院神经科找经验丰富的医生鉴别诊断。"

有人问："帕金森病是什么病？会不会传染？"

谭薛珍耐心解释："帕金森病是一种常见的神经系统变性疾病，不会传染。如果家中有老人出现手抖严重、腿脚不灵活、爱流口水等现象，则可能属于帕金森病早期症状，应及时送老人去医院诊断，以免耽误治疗时机。"

谭薛珍在咏春体育公园唱歌

一对情侣上前，男的问："我可以在K歌机上为我女朋友点唱一首歌吗？"

谭薛珍微微一笑，说："可以啊！"男的上前，接过谭薛珍手中的麦克风，在K歌机上点歌，然后唱了起来。他女朋友静静地看着他，认真地听他的歌，脸上充满了幸福。

K歌机在江苏电视台随着《嗨唱起来》的热播，聚集了较高的人气。大部分音乐爱好者都被它那43英寸的巨型触控屏所吸引，因为无论是外面较为流行的K歌亭和KTV中的点歌机，都没有如此大屏的显示配置。今天在现场见到了这台传说中的K歌机，大家都跃跃欲试，希望亲自体验。那对情侣唱罢，更多人争先恐后。

围观者越来越多。独乐乐，不如众乐乐。谭薛珍乐享其成。她怎么也没想到，她的独唱机变成了众唱机，她成了帕金森病的代言人，这可是意料之外。

"何不将错就错，让自己的K歌机变成独唱机，使自己成为帕金森病的代言人？这样既能让年轻人不用跑去KTV房也一样能一展歌喉，还能让中老年朋友也能在大庭广众之下过把明星瘾，更可以借此机会宣传帕金森病，让更多的人了解帕金森病，从而关注帕金森病，尊重和关爱帕金森病人。"一个绝妙的想法浮现在谭薛珍的脑海。

这样一举多得的好事，何乐而不为？

谭薛珍是一位率性之人。她是一位有着16年帕龄的重症帕金森病人，但她从来不把自己当成病人，昨天刚从成都参加帕金森病研讨会回来，今天即动身前往西安探望帕友，明天又将启动内蒙古公益慈善行……她的日程，安排得非常紧凑，几乎没有一天休息时间，不是在工作，就是在工作的路上。工作内容不是践行与帕金森病相关的公益慈善，就是在行使与帕金森病相关的公益慈善。

她是一位企业家，但她从来不把自己当成是老板。出入星级酒店无数，但街头三五元钱的盒饭，她一样吃得津津有味。朋友中不乏达官贵人，但街头小贩一样可以成其座上宾。

无论她去哪里，无论她在哪里，哪里就会充满正能量，就会充满欢声笑语。因为她总是有办法让你欢笑，让你开心，为你带来正能量。

帕友花雨小姐在《我们不一样》一文中说：

在我们这个帕友群体中，有很多优秀的人、坚强的人、智慧的人。她（谭薛珍）就是我们心中有着最睿智的思想和最强大的意志、任何事情都无法击垮的勇士！

我是通过微信帕友群里被她帮扶过的病友知道她的，但当时并未在意，以为她只不过是一位心地善良的病友而已，没什么大不了的。

让我真正认识她，是在一次帕友线下活动中，我们被安排到一个房间，可能是投缘，那天我们聊天聊到很晚，聊家庭、聊感情、聊事业，通过聊天，我知道了她也是从普通家庭中走出来，经历了生活的艰辛、感情的背离、朋友的欺骗、事业的大起大落，但她一直没有停下脚步。她说她一直在追梦，只有心中有梦，人活着才有信念！

她是个性格坚毅且生活随性的人，没有一点名人和有钱人的架子，相反却相当放得开。玩起来时，她就像个活宝一样搞怪，逗得大家哈哈大笑。她还会摆出各种造型和姿势，戴上各种道具跟大家一起拍照，撒着欢地玩儿，她绝不在意别人对她的看法。但她做起事来仿佛变成了另外一个人，当她走上讲台讲话时的那种气势，就像脱胎换骨一样，她让在场的每一个人都能感受到一种震撼。她的讲话气场十足、充满自信，虽然控制不了本身疾病的状态，但她的顽强意志和她高瞻远瞩的智慧赢得各界人士的掌声和信服。这一次我彻底地改变了对她的看法，我对她的好感变成了敬仰。

她是一位有16年帕龄、走路摇摇晃晃、异动无法控制、每时每刻都被病魔折磨得痛苦不堪的人，但是她还是像凤凰涅槃一样，始终带着梦想和坚强的意志努力地飞翔，用她的爱帮助身边的病友，用她的正能量惠及社会。在我眼里，她是真正的强者，但我更希望她是一只涅槃后的凤凰，在蓝天上自由飞翔！

传播音乐，普及帕金森病医学知识，就是传播正能量，普及正能量。帕金森病患者的每一天，都在"与时间赛跑"，只为尽可能多地留住生活自理的时间。由于帕金森病早期进展很快，到了晚期反而放慢脚步。所以，越早了解帕金森病，越早发现帕金森病，越早防治，病情就越能得到有效控制。虽然帕金森病目前仍然无法彻底治愈，但有调查发现，发病后 1—3 年内便开始治疗的病人，在自理能力、活动能力和生活质量等方面明显优于发病后 4—6 年才开始治疗的病人。因此，普及帕金森病医学知识，让更多的人知道和了解帕金森病，显得尤为重要和迫切。

于是，谭薛珍印制了一批防帕治帕的宣传资料，一口气购买了一批十余万元的超级 K 歌机，每到傍晚，就安排公司人员将 K 歌机放到各大公园、广场。想一展歌喉者，只要用手机扫描一下贴在 K 歌机上的二维码，关注帕金森病的专属平台"帕友 +"微信公众号，即可免费 K 歌一首。渴了还可免费领取矿泉水一瓶。工作人员则现场派发防帕治帕宣传资料。

K 歌机一经推出，每晚人气爆棚，排队扫码者排成了长龙。谭薛珍此举，既娱乐了大众，让大家一起唱起来，又宣传了帕金森病，让帕金森病医学知识深入千家万户，为防帕治帕积累了庞大的群众基础。帕金森病虽无法根治，但在谭薛珍他们的坚持下，帕金森病人的生活质量一样能得到改善，一样能得到社会的尊重，一样能活出精彩。

为爱奔跑

人们不断向着

有阳光

有希望的地方奔跑

只为在燃烧生命的过程中

找到自我存在的价值

如果这次奔跑

不仅仅是为了

自身价值的体现

你是否愿意

带着满满善意

为爱而奔跑

春天，是一个万物复苏和孕育的季节。

谭薛珍特别喜欢北京的春天，阳光明媚，草木吐绿，百花
争艳。既有傲骨的寒梅，也有浪漫的樱花；随处可见桃花的妩
媚，更有芬芳四溢的郁金香沁人心脾。

初升的朝阳，就像一位袅袅婷婷满眼含春的少女，显露出

一丝淡淡的红晕，轻轻地把她的羞涩和爱心洒向大地上的每一个人，仿佛她温暖细腻的手直直地伸到了你的心上，拂去了你心上的所有烦恼。

2018年3月31日清晨，谭薛珍一行从酒店乘车前往北京航天中心医院。谭薛珍降下车窗，朝阳争先恐后地挤入车内。

春意盎然的美景，舒适惬意的阳光，驱除了谭薛珍连日奔波的劳累和因异动症带来的阵阵剧痛，心底暖暖的，一种麻酥酥的感觉从心头升起。

谭薛珍调整一下坐姿，微闭双目，渐入无我之境。

"谭总，我们到了！"小车已抵达此行的目的地，坐在谭薛珍

航天中心医院与"帕友＋"平台签署战略合作协议

旁边的徐倩轻轻地对谭薛珍说。谭薛珍没有反应。

这个磨人的小妖精太累了。徐倩心疼起来。"磨人的小妖精",是徐倩给谭薛珍取的外号。磨人包含两层意思,一是谭薛珍的病十分磨人,二是谭薛珍对人对己的要求都很严,总是追求完善;小妖精则是形容她凡事不拘小节,率性而为。

自"帕友+"平台上线以来,为丰富平台资源,使之惠及广大帕友,让更多"帕友"分享因"帕友+"所带来的便利,谭薛珍一直为之奔跑。找专家、寻名医、求良药……只要对帕金森病有所帮助,只要能为帕金森病人带来些许希望,无论路途多么遥远,不管路途多么艰辛,谭薛珍都会义无反顾。为找专家,曾多次"踏破铁鞋"不耻下问;为寻名医,曾多次上演"三顾茅庐"的故事;为求良药,曾多次不惜以身犯险。

"春节过后,我就一直跟着谭总在外面跑,去了新加坡,去了马来西亚,去了几次北京,去了几次成都,一个多月下来,跑了六七个地方,一天都没有停歇过。"徐倩略显委屈。

对徐倩,谭薛珍很内疚,一个刚走出校门不久的小女孩,天天跟着自己天南地北地跑来跑去,一个月下来,已经瘦了十多斤,真有点太难为她了。

"谭总,我们到了。"徐倩轻轻地推了一下谭薛珍。谭薛珍没有睡觉。

她在思考此行的使命。这次,她们是应邀前来北京参加航天中心医院举办的全国帕金森病友会暨航天中心医院第五届帕友会会议。

在世界帕金森日来临之际，航天中心医院每年都会举办全国帕金森病友会。这次会议主题是："抗帕——我们携手在路上"，有来自全国各地近百名帕友参会。

会议得到了政府相关部门、航天中心医院及主流媒体的高度重视。新华社、光明日报、健康报、北京晚报、航天报、卫计委健康频道等6家媒体在现场进行报道。

据航天中心医院官方网站报道：

活动开始，李继来副院长和王培福主任分别进行致辞。万志荣主任医师详细讲解了帕金森病规范诊治的流程，给予帕金森病患者许多预防办法和病情分析，与大家分享了一些成功的案例，并为参会的近百名帕金森患者进行免费的义诊。活动中，李继来副院长与"抗帕达人"谭薛珍女士创建的全国首个帕友＋智慧分享健康平台进行签约仪式，该平台是国内首个为百万帕金森患者打造的专属于帕友的精神家园，通过帕友＋智慧分享健康平台，帕金森病患者可以向入驻该平台的医师寻医问药，及时解决病情疑惑，了解家庭护理、康复训练、病情管理等知识，还可以随时随地发布生活动态，分享交流抗病心得。活动现场，专家面对面指导帕友使用这个互联网＋平台，让帕友更加轻松学会线上、线下管理好自己的病情。帕友会当天全程网络直播，直播观看人次近2000人。

……节目主持人是位帕龄10余年的患者，在她的主持下，活动现场充满了温馨氛围。多位抗帕明星作为代表走上讲台，以亲身的抗病经历，帮助人们认识帕金森疾病。其他帕友们也是多

谭薛珍心往长空，为爱起舞

才多艺，带来了旗袍秀和歌曲表演……

神经内科将继续举办此类活动，加强帕金森疾病知识以及预防的传播工作，加深人们对帕金森病的了解与关注，让全社会了解帕金森病，给予帕金森病患者多一些关爱，航天中心医院将会和所有帕友们一起携手"抗帕"到底！

航天中心医院创建于 1958 年，是一所学科完备、功能完善、医教研协调发展的大型三级综合医院，承担着三级医院医疗、教学、科研、预防工作和工信部、国防军工系统医疗保障任务，在行业内享有较高声誉，在患者中拥有良好口碑。其中神经内科是航天中心医院特色科室之一。在缺血性脑血管病的介入治疗方面在全国处在前列；在痴呆、帕金森病等疾病诊治方面，经验丰富。

此前，谭薛珍已多次就"帕友 +"平台与该院接触、洽谈，希望"帕友 +"平台与该院合作，借助该院专业、雄厚的医疗资源，帮助更多帕友减轻因"帕"缠身的痛苦。这次，"帕友 +"智慧分享健康平台能够得到航天中心医院的认可并在帕友会上签署合作协议，充分说明这个平台能够真正为广大帕友带来福音。

百花争艳的北京，没有留住谭薛珍匆匆的脚步。航天中心医院第五届帕友会结束之后，谭薛珍又开始计划下一站的行程。

"帕金森病光靠医生或医院的努力是不够的，还需要全社会的人文环境等多方面的关怀。"四川省八一康复中心主任、四川省康复医院院长邵明博士的话言犹在耳。

2018 年 4 月 11，谭薛珍的身影又出现在四川省八一康复中心，参加世界帕金森病日大型公益活动。会上，"帕友 +"智慧分享健康平台再次与四川省八一康复中心签约，为帕友提供更多的资源……

《梦想合伙人》中有一句经典台词："没有为爱奔跑过的人生是苍白的。"人生的路上，我们都在奔跑，为家庭的幸福，为事业的成功，为家人的健康，为世界的美好。

尽管身患重症，行动极为不便，谭薛珍还是在努力奔跑，全力奔跑，为中国 300 万帕友奔跑。

人的一生是短暂的，在有限的时间里，释放生命的价值，才是对生命无限的崇尚，对人生价值最好的诠释。这就是谭薛珍。

她，自始至终，都在为爱奔跑，永远都在路上。

永远在路上

习近平总书记在十二届全国人大一次会议闭幕会发表讲话时强调:"中国梦是民族的梦,也是每个中国人的梦。……生活在我们伟大祖国和伟大时代的中国人民,共同享有人生出彩的机会,共同享有梦想成真的机会,共同享有同祖国和时代一起成长与进步的机会。有梦想,有机会,有奋斗,一切美好的东西都能够创造出来。"

人类因梦想而伟大。谭薛珍曾深情地写下了自己的梦:

我爱大家,爱我的员工、爱我的家人,爱我的合作伙伴,爱我结伴同行的战友,爱我身边的每一个人,是你们让我充满了爱和激情,也正是这份爱和激情,赋予我更多使命和担当更多社会责任。

我有一个梦,让全球分享中国智造的小家电产品,在世界的每个角落都能见到中国小家电产品;

我有一个梦,在我的带领及纳信人的共同努力下,纳信一定会帮助 1000 家合作伙伴达到亿元企业标准;

我有一个梦,帮助纳信人从温饱到小康,从小康到富裕,真实、幸福地生活；

我有一个梦，愿所有的战友们每天都沐浴在爱与关怀之中，都能改善生活质量，活出尊严活出精彩；

我有一个梦，在社会各方人士帮助下，在纳信平台的帮助传播下，至少让百万帕友们逐渐摆脱病魔的缠绕，重新感受健康，享受幸福美好生活。

我有一个梦，帕友们都能重新融入社会，实现个人价值，为社会贡献，为家庭谋幸福。

我有一个梦，与战友们一起群策群力，将爱与正能量，传播到全中国，全世界每个角落！让世界的每个角落充满温暖与希望；

爱让自私变成无私，放下小我，成就大我，社会和谐发展，走向共赢；

晨光会穿透所有绝望，愉悦会带走所有倦怠，友爱，会取代冷漠，幸福会弥漫整个生命之旅；

在所有的战友们和家人的共同努力，共同付出，共同拼搏，终有一天，我们平台能为提高中国人的健康水平和生活质量而担当更大的社会责任。这就是我的梦，我的中国梦，我一定梦想成真！

为了实现自己的梦想，谭薛珍对企业励精图治，对员工视为家人，对帕友慷慨解囊，对社会无私奉献，对自己几近严苛。虽然每天都要面对病魔的侵袭，每天都要忍受着剧烈的疼痛，但

她每天除了处理公司日常工
作，还坚持学习、唱歌、写
字、打乒乓球。

唱歌已唱出了精彩，唱
响了《中国新歌声》，唱上
了《星光大道》，用她的歌
声激励了许许多多帕友走
出人生低谷，重新走向社
会，获得社会认同，得到社
会尊重。也感动了许许多多
人，让人们重新认识了帕金
森病人群体，从而尊重帕金
森病人群体。其影响，其意
义，已远远超出了其唱歌的
本意。

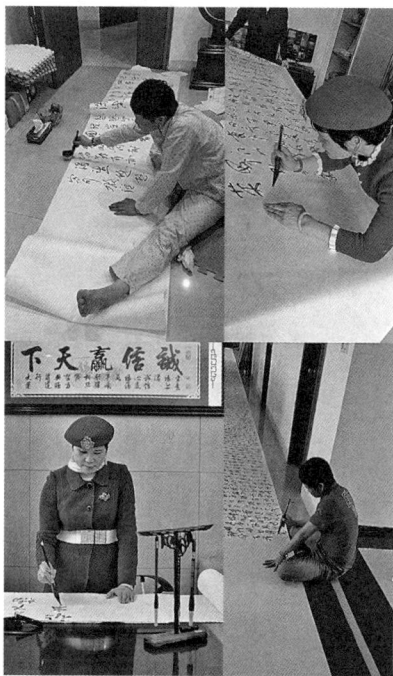

病中的谭薛珍坚持练习书法

写字写出了人生感悟，写出了人生真谛。每天坚持练习写
字，站不起来，就坐着写。肌肉震颤坐不住，就跪着写，每天
坚持一至两小时。写字，除了写毛泽东诗词，写名人名言，写
格言警句，还自己创作。她曾给犹太商学院的老师创作了两副
对联：

名扬海外论商道
资本运作创奇迹

横批：犹太学院。

人脉钱脉脉脉相通

气场道场场场精彩

横批：犹太奇迹

也曾为她的律师创作过：

公堂上，金句铿锵有理

草坪下，挥杆彰显水准

横批：文武绽放

曾有一客户经常对她说他没钱没钱，她立马让其闭嘴，并以对联相赠：

论武功见招拆招

说财富有多没少

横批：万变市场

手术台前，百感交集，挥毫写下：

望山静养聆万物

观海听涛睹百川

横批：锦绣山河。

面对自己的颤抖，亦不失幽默和调侃：

摇一摇，亮剑精神

抖一抖，活出精彩

横批：永不放弃。

尽管帕金森如影随形十几年，她不以为痛，反以为乐：

春是春，夏是夏，秋已过，冬渐来，春夏秋冬帕缠身。

常人之计在于晨，帕人之计在于午。

十年痛苦无人晓，春光水暖鸭先知，活好当下才是仙。

瞻仰黄帝陵，诗兴大发：

黄陵山上览山小，

寒风萧萧落叶飘。

千年松树茂长青，

盘龙道上寻根人。

屹立气势游人仰，

五湖四海归故里。

华夏大地国民安，

黄帝老祖圆梦人。

为安抚和慰问帕友，在帕友群中写下了《帕友别哭》及《人生宣言》：

帕友别哭

人生好比像一趟列车，从此站到终点站是漫长的路。有上车，有下车，有痛苦，有快乐。我幸运坐上这趟车。人生路上难免有不愉快。这些年，感谢大家对我的关爱。什么痛忘不了，什么苦忘不掉。向前走希望在前方。帕友别哭，我们大家抱团取暖。帕友别哭，要相信自己路。生活中，有太多我们无奈的事情。你们苦我也有同感。

有一种的爱，叫做互相关心。这些年，感谢大家对我的关爱。什么痛忘不了。什么苦忘不掉，向前走希望在前方。帕友别哭，我们总有看到希望。帕友别哭。要相信自己的路。生活中，有太多我们无奈的事情。你们苦，我也有同感。帕友别哭。我们总有看到希望。帕友别哭。我陪你们就不孤独。缘分中。我们能够相处在一起。我愿意。我为大家服务。缘分中。我们能够，相处在一起。我愿意。我为大家服务。

人生宣言

我们是一群不平凡的人，我们可以创造不平凡的故事！我们深知，在充满荆棘的路上，我们承受着委屈和挫折，面对着不同的挑战，经历着别人无法理解的痛苦，体验者一次次的辛酸和泪水，顶着巨大的压力，还要依然大步前行，因为，我们是一群有着社会责任感和奉献精神的特殊群体，我们不仅仅要帮助自己，更要帮助我们最亲密的战友，一起活出精彩人生，收获幸福快乐。在最短的时间内成为中国最健康、最具活力、最精彩的群体！

精彩人生，幸福快乐！

文字其实是很有灵性的东西，它能穿透人心。言语是或真或假，可文字多半都是内心独白，是很真实的。正所谓文如其人，谭薛珍写的文字，看似朴实无华，却依然深刻，不是文字游戏，而是参悟开慧，就似"看山是山，看水是水；看山不是山，看水不是水；看山还是山，看水还是水"。

谭薛珍练习打乒乓球仅一年时间，用她一些球友的话来说，她的球技已经达到了半专业水平。经常有一些人不服气，要去挑战她，结果总是心悦诚服，有的不仅球技输，在气场上更输。谭薛珍打球，总是气定神闲。

谭薛珍曾说："我做事情除非不做，一旦有兴趣做，就一定会坚持到底，认真把它做好，从不会半途而废。"凭着这份坚持和执着，谭薛珍实现了一个又一个梦想。

然而，一个梦想将会激发另一个梦想，当你完成一个梦想时，会有另一个梦想等着你去实现。

为了梦想，谭薛珍永远在路上。

后记

采访谭薛珍的过程，至今令我记忆犹新。当时我带着疑惑，走进了凌飞。工厂很大，办公楼内干净整洁。

上二楼董事长办公室，毫无例外，宽大的办公桌上堆满了各种文件资料，办公桌后面墙上居中一块"诚信赢天下"的牌匾与左右两边的中华人民共和国国旗交相辉映。

刚落座，一位一袭红衫、头戴红色毡帽的女人推门而入，一看就是那种雷厉风行的人。

"这位就是谭总。"吴友辉先生介绍。

言谈中，谭薛珍时不时手舞足蹈，且频率越来越高，幅度越来越大。最后，她站起来，从墙边拿了一张塑胶拼板放在我们前面的地板上。

她想干什么？笔者正纳闷，谭总竟然有凳子不坐，坐到了地上的塑胶拼板上。"不好意思，我有帕金森病，有异动症，坐到地上比较舒服。"谭总解释。原来如此！还是难以置信。

我之前接触过几例帕金森患者，谭总的言谈举止及神情，与他们完全不同，她的双目神采奕奕，不时流露出坚毅和自信，脸上总是挂着孩子般的笑容，给人似阳光沁入心田般舒适和愉悦。

除了手舞足蹈，看不出丝毫病态。反之，其姿态和言行举止无不透露出一种阳光活泼的生气，对生活充满美丽的希望与憧憬。

显然，谭总没有开玩笑，向我们简单介绍了她自己及公司的情况。这是一个鲜活的励志故事。出于职业的敏感，我像发现了新大陆，兴奋起来。

经过长时间的"游说"，谭总终于愿意接受采访。于是，有了本书。

在近一年的创作过程中，凌飞的发展突飞猛进，先后成立了贸易公司、互联网公司，成功搭建了全国首个小家电跨境电商平台。谭总个人的事业更是一日千里，先后走进《中国新歌声》大舞台，出现在《星光大道》，成立了纳信慈善基金，搭建了"帕友+"平台……

老鬼说："岁月可以剥蚀大多的世态炎凉，但是，不能消融苦难真正照亮过的生命的精神，真正属于生命与历史的，必将被历史与生命留住。"笔者坚信。

在此，衷心感谢谭薛珍董事长，为笔者提供了最好的创作素材，为创业者提供了最好的创业范本，为身处逆境的人做出了最好的表率，为读者提供了最好的励志故事。

感谢人民出版社宰艳红老师的悉心指导。

感谢吴友辉、何江、夏红芳、张海平、叶红键、石爱玲、何建成、贾志辉、胡丙军、全丽萍、黄仕挺、易诗梦、石荣华、桑滔等人的鼎力支持与帮助。

由于本书创作时间仓促，不足之处，敬请读者批评指正。

易碧胜

2018 年 4 月于广州

责任编辑：宰艳红

责任校对：白　玥

封面设计：林芝玉

图书在版编目（CIP）数据

爱在天地间——帕金森患者谭薛珍的生命传奇／易碧胜　著．
　—北京：人民出版社，2018.10
（中华自强励志书系）
ISBN 978 - 7 - 01 - 019767 - 8

I. ①爱⋯　II. ①易⋯　III. ①传奇文学 - 中国 - 当代
　IV. ① I25

中国版本图书馆 CIP 数据核字（2018）第 209368 号

爱在天地间

AI ZAI TIANDI JIAN

——帕金森患者谭薛珍的生命传奇

易碧胜　著

人民出版社 出版发行

（100706　北京市东城区隆福寺街 99 号）

山东鸿君杰文化发展有限公司印刷　新华书店经销

2018 年 10 月第 1 版　2018 年 10 月北京第 1 次印刷
开本：880 毫米 × 1230 毫米 1/32　印张：9.625
字数：190 千字　印数：8000 册

ISBN 978 - 7 - 01 - 019767 - 8　定价：48.00 元

邮购地址 100706　北京市东城区隆福寺街 99 号
人民东方图书销售中心　电话（010）65250042　65289539